# भारतीयम

# भारतीयम

पुष्पा सिन्हा

युवा हिंदी
Zip Zap Books

प्रकाशक : **युवा हिंदी**

भवन संख्या 2/42 (दूसरी मंजिल), अंसारी रोड, दरियागंज, नई दिल्ली–110002

 / संस्करण : प्रथम, 2024 / मूल्य : दो सौ रुपए

मुद्रक : आर–टेक ऑफसेट प्रिंटर्स, दिल्ली ISBN 978-93-94871-74-8

**BHARTIYAM** *Poems* by Smt. Pushpa Sinha ₹ 200.00

Published by **YUVA HINDI**

An imprint of **Namaskar Books**

Building No. 2/42 (Second Floor), Ansari Road, Daryaganj, New Delhi-2

# भारतीयम

'महिलानामा' उपन्यास के लिए भारत सरकार द्वारा प्रथम पुरस्कार से सम्मानित लेखिका द्वारा लिखित पुस्तक 'भारतीयम' विशाल देश भारत की विभिन्न पहचान, संस्कृति एवं विरासत को समेटे हुए, इसकी विशेषताओं को व्यक्त करता एक 75 बिंदुओं की गाथा है। वर्ष 2022 में देश की आजादी का 75वाँ स्वतंत्रता दिवस मनाया गया, जिसे भारत की आजादी का 'अमृत महोत्सव' नाम दिया गया।

दुनिया में भारत की पहचान, ज्ञान एवं सम्मान को दरशाते हुए यह पुस्तक अपने आपमें भारत के बारे में विलक्षण ज्ञान का भंडार है, जो प्रत्येक भारतीय को पढ़ने के लिए आह्वान करती है। भारत की प्रत्येक राष्ट्रीय पहचान छंदमुक्त नव-कविता के रूप में एक-एक पृष्ठ में वर्णित है, जो सहज पठनीय एवं सरल भी है।

भारत देश के विद्यार्थी से लेकर नागरिक तक के लिए लाभप्रद इस पुस्तक की रचना के पीछे लेखिका की मंशा यही है कि हम अपने देश के बारे में संक्षेप में सबकुछ जान सकें, देश की महान् विरासत एवं भव्य संस्कृति को जानकर हम भारतवासी स्वाभिमान से भर जाएँ, दुनिया के देशों में भारत एक प्राचीन एवं शांतिप्रिय देश है। भारत संस्कारवान है, संकल्पशील है, उन्नतशील है।

माना कि इस विशाल आबादी वाले देश भारत में बहुत सी समस्याएँ एवं चुनौतियाँ हैं, लेकिन साथ ही भारतीयों में यह जज्बा भी है कि हम इससे पार पा सकेंगे और भविष्य में एक विकसित देश का निर्माण कर सकेंगे। हम भारतीयों का यह संकल्प है कि 2047 में जब भारत अपनी आजादी के 100 वर्ष मना रहा होगा, तब यह विश्व का युवा देश होगा, शांतिप्रिय देश बनेगा एवं विश्व का सिरमौर देश कहलाएगा।

**—पुष्पा सिन्हा**

# अनुक्रम


*भारतीयम* *5*

1. भारत की भौगोलिक स्थिति : प्रायद्वीप 11
2. भारत का राष्ट्रीय ध्वज : तिरंगा 12
3. भारत का राजकीय प्रतीक : अशोक चिह्न 13
4. भारत का राष्ट्रीय गान : जन गण मन 14
5. भारत का राष्ट्रीय गीत : वंदे मातरम् 15
6. भारत के राष्ट्रपिता : महात्मा गांधी 16
7. भारत का मौलिक कानून : संविधान 17
8. भारत की राजभाषा : हिंदी 18
9. भारत की राष्ट्रीय प्रतिज्ञा : देश सर्वोपरि 19
10. भारत का राष्ट्रपति : देश का प्रमुख 20
11. भारत का प्रधानमंत्री : कार्यपालिका का प्रमुख 21
12. भारत की लोकसभा : निचली प्रतिनिधि सभा 22
13. भारत की राज्यसभा : ऊपरी प्रतिनिधि सभा 24
14. भारत का स्वतंत्रता दिवस : 15 अगस्त 25
15. भारत का गणतंत्र दिवस : 26 जनवरी 26
16. भारत की राजनीतिक विचारधारा : लोकतंत्र 27
17. भारत की स्वस्थ जीवन जीने की कला : योग विद्या 29
18. भारत का सर्वोच्च नागरिक सम्मान : भारत-रत्न 31

19. भारत का राष्ट्रीय कैलेंडर : शक कैलेंडर 32
20. भारत की प्राचीन चिकित्सा पद्धति : आयुर्वेद 33
21. भारत की विविधता में एकता : बहुसंस्कृति 34
22. भारत का जीवन दर्शन : सर्वे भवन्तु सुखिनः 35
23. भारत की विचारधारा : वसुधैव कुटुम्बकम् 36
24. भारत का अध्यात्म दर्शन : आत्मा और परमात्मा 37
25. भारत की जीवन आराधना : जीवेम शरदः शतम् 38
26. भारत की ऋतुएँ : छह ऋतुओं की मणिमाला 39
27. भारत का राष्ट्रीय आदर्श वाक्य : सत्यमेव जयते 40
28. भारत का उच्चतम ज्ञान : कर्म और कर्मफल 41
29. भारत की संस्कृति में अतिथि : अतिथि दवो भव 42
30. भारत के ग्रंथ : वेद, पुराण, उपनिषद् 44
31. भारत की धार्मिक नीति : धर्मनिरपेक्षता 45
32. भारत के पड़ोसी देश : छह देश 46
33. भारत के नागरिकों के मूल कर्तव्य 47
34. भारत के नागरिकों के मूल अधिकार 48
35. भारत के प्रवासी भारतीय : समृद्धि के सहभागी 49
36. भारत के पर्व और त्योहार : बहुरंगी एवं विविध 50
37. भारत के विभिन्न धर्म : बहुधार्मिक 51
38. भारत एक कृषि-प्रधान देश : मुख्य व्यवसाय 52
39. भारत एक विविधतापूर्ण देश : विविध विभिन्नता 54
40. भारत में शासन व्यवस्था का आधार : लोकतंत्र 56
41. भारत के अतीत में विदेशी शासक अनेक 58
42. भारत की संस्कृति : अहिंसा और त्याग 60

43. भारत की न्याय व्यवस्था : अंग्रेजों की प्रणाली पर आधारित 61
44. भारत में आरक्षण की राजनीति : समतामूलक समाज 63
45. भारत का विश्वप्रसिद्ध स्मारक : ताजमहल 65
46. भारत की राष्ट्रीय नदी : गंगा 66
47. भारत का राष्ट्रीय वृक्ष : बरगद 67
48. भारत का राष्ट्रीय पुष्प : कमल 68
49. भारत का राष्ट्रीय पक्षी : मोर 69
50. भारत का राष्ट्रीय फल : आम 70
51. भारत का स्वागत पेय : चाय 71
52. भारत की राष्ट्रीय मुद्रा : रुपया 72
53. भारत का राष्ट्रीय पशु : बाघ 74
54. भारत का लोकप्रिय खेल : हॉकी 75
55. भारत के लोकनृत्य : विविध भाव-भंगिमा 76
56. भारत की लोककथाएँ : अनुभवों का आदान-प्रदान 77
57. भारत का पर्वतराज : हिमालय 79
58. भारत की कहावत : कर भला तो हो भला! 80
59. भारत का सिद्धांत : जियो और जीने दो 81
60. भारत की भाषाएँ : भाषा की बहुलता 82
61. भारत की सेना : थलसेना, वायुसेना, नौसेना 83
62. भारत का राष्ट्रीय स्मारक : समर स्मारक 85
63. भारत का ऐतिहासिक किला : लाल किला 86
64. भारत का संबंध : दुनिया के देशों के साथ 87
65. भारत में विश्व का धरोहर स्थल : साँची का स्तूप 88
66. भारत की राजधानी : दिल्ली 90

67. भारत की चुनौतियाँ : विविध 91

68. भारत में फैला अंधविश्वास का जाल : अज्ञानता का जाल 92

69. भारत की समस्याएँ : राष्ट्रवाद की कमी से जुड़ीं 94

70. भारत को भ्रष्टाचार से कब मिलेगी मुक्ति ? 96

71. भारत बढ़ चला : आत्मनिर्भरता के पथ पर 97

72. भारत के नए संकल्प की होगी सिद्धि 99

73. भारत का अमृतकाल : विकसित भारत बनने का कालखंड 100

74. एक भारत–श्रेष्ठ भारत : एक अभियान 101

75. विकसित होगा भारत : 2047 में स्वतंत्रता की शताब्दी तक 102

76. हम करें राष्ट्र आराधना : तन, मन, धन से 104

# भारत की भौगोलिक स्थिति : प्रायद्वीप

भारत देश विश्व का सातवाँ सबसे बड़ा है देश,
जिसके उत्तर में मुकुट हिमालय, विश्व का सबसे ऊँचा पर्वत,
और दक्षिण में पाँव पखारता समुद्र है हिंद महासागर,
पूरब और पश्चिम में हैं, दो लंबे-लंबे समुद्री घाट,
देखा है कहीं, किसी देश की ऐसी भव्य ठाठ!
जो तीन तरफ पानी से और एक तरफ जमीन से घिरा है,
तब है न भारत-भूमि महान्!
यह पर्वत, पठार, नदियाँ, रेगिस्तान और झीलों से है सजा,
भिन्न-भिन्न प्रकार की प्राकृतिक छटा से अटा है पड़ा,
देश की माटी अद्‌भुत, उर्वरक और हरित,
कहीं बर्फ ही बर्फ, तो कहीं रेत से भरे टीलों का रेगिस्तान,
ऐसा अनूठा है मेरा भारत देश महान्!
घने वनों में रहते, सुंदर-सजीले जीव-जंतु,
तो नाना प्रकार के पेड़-पौधे जेवर हैं भारत के,
गंगा और कावेरी नदियाँ, लबालब पानी से हैं भरी,
पहाड़ भी हैं नदियों से कम कहाँ?
ये भी तो हैं वन-उपवन, झरनों से भरे पड़े,
देश के दक्षिण में हिंद महासागर, विश्व का तृतीय बड़ा समुद्र,
इतना सुंदर है देश हमारा, प्यारा विशाल भारत,
तो अहा! धन्य भारतीयम!!

□

# भारत का राष्ट्रीय ध्वज : तिरंगा

भारत का राष्ट्रीय ध्वज 'तिरंगा' देता जग में पहचान,
तीन रंगों की आड़ी पट्टियाँ, बीच में चक्र महान्!
ऊपर केसरिया, बीच में सफेद और नीचे गहरी हरी,
दिखने में तिरंगा ध्वज, भारतीयों को लगता मनोहारी,
केसरिया रंग है त्याग, साहस और शौर्य का प्रतीक,
देश हमारा विकसित होता रहे, विश्व में रहे गौरवान्वित,
सफेद रंग शांति और सच्चाई का देता संदेश,
जो है मानवीय गुणों में सटीक और देता आदेश,
ध्वज का हरा रंग उर्वरता और समृद्धि का प्रतीक,
चहुँदिशी फसल और संसाधन की होती रहे वृद्धि,
सफेद रंग की पट्टी के बीच में है, एक गहरा नीला पहिया,
जो सारनाथ के अशोक स्तंभ से है ली गई आकृति,
समझाता हमें, अहं भावना उर न रहे, इतना रखियो ध्यान,
सहज उन्नति, यश-प्राप्ति, जीवन बने महान्,
भारत का राष्ट्रध्वज तिरंगा, हमें देता विश्व में अस्मिता का भान,
तिरंगा फहराकर हम भारतीयों में दिखता राष्ट्र का स्वाभिमान,
राष्ट्रध्वज सामूहिक मनोबल और गौरव को है दरशाता,
लहर-लहर लहरा, विजयी विश्व तिरंगा न्यारा और प्यारा,
भारतीयों के दिलों से उठती दुआ बनकर तरंग,
ऐसे राष्ट्रध्वज तिरंगे को है बारंबार नमन,
तो अहा! धन्य भारतीयम!!

□

# भारत का राजकीय प्रतीक : अशोक चिह्न

अशोक चिह्न है भारत की शासकीय अधिकृति की अभिव्यक्ति,
जिसे भारत सरकार ने 26 जनवरी, 1950 को दी स्वीकृति,
यह चिह्न अशोक स्तंभ सारनाथ स्थित स्तंभ का है शीर्ष भाग,
जिसमें चार शेर, चारों दिशाओं की ओर मुँह किए हैं,
इसके नीचे गोल आधार है, जिस पर एक बैल और एक दौड़ता घोड़ा है,
साथ में फलक के मध्य में एक पहिया अशोक चक्र है,
जिसके नीचे अंकित है, भारत का राष्ट्रीय नारा 'सत्यमेव जयते'
अशोक चिह्न, जो अशोक स्तंभ के ऊपर स्थित है, भारत का है राजकीय प्रतीक,
जो है सरकार के आधिकारिक पत्राचार का अनिवार्य हिस्सा भी,
साथ ही यह चिह्न भारतीय गणतंत्र द्वारा जारी पासपोर्ट पर भी है दिखता,
साथ ही चिह्न अशोक चक्र को भारत के राष्ट्रध्वज के मध्य में है स्थान मिला,
राष्ट्रीय प्रतीक अशोक चिह्न भारतीय मुद्राओं पर है अंकित,
भारत विशाल देश की आन-बान और शान बढ़ाता,
अशोक चिह्न को देख हम भारतीय होते गौरवान्वित,
क्योंकि इस चिह्न के सम्मान में छिपा है हमारा हित,
अपना राजकीय चिह्न अशोक चिह्न है अशोक स्तंभ पर डटा,
इसे देख-देखकर हम भारतीयों का सीना हो जाता चौड़ा,
ईश्वर करें यह राजकीय चिह्न जीवित रहे अनंत तक,
और हमें मिलती रहे आजादी, शासन की व साथ में मत,
ऐसे राजकीय चिह्न पर हम भारतीय जाएँ सौ-सौ बार बलिहारी,
तो अहा! धन्य भारतीयम!!

□

# भारत का राष्ट्रीय गान : जन गण मन

भारत का राष्ट्रीय गान है, जन गण मन अधिनायक जय हे,
भारत भाग्य विधाता,
जो है देश-प्रेम से परिपूर्ण एक मधुर संगीत रचना,
इसके रचनाकार थे, नोबेल पुरस्कार विजेता रवींद्रनाथ टैगोर,
यह गान राष्ट्रीय पर्वों, उत्सव या समारोह के अंत में है गाया जाता,
हम राष्ट्रगान सुनकर गर्वित होते, देशभक्ति की भावना से भरते,
तभी तो गायन शुरू होते ही, हम सभी हो जाते खड़े,
हमारे राष्ट्रगान में समाहित है, भाग्य विधाता से प्रार्थना,
कि यहाँ की विभिन्न नदियों का कलकल बहता जल,
भारतीयों की सुख-शांति व उन्नति की गाथा गाता रहे,
भारत के राष्ट्रगान में छिपी है, राष्ट्रभक्ति की मंशा,
यहाँ के जन-जन के मन में धड़कती रहे भारत की अभिलाषा,
जन-जन की ललक है, देश की जय-गाथा सुनने-कहने की,
भारतवासी ऐसे कर्म करें कि देश बने भाग्यशाली,
दुनिया में हमारी प्रगति हो, उन्नति हो, जय हो,
हम भारतवासी हमेशा मन से जागते रहें देश के लिए,
और अपने प्रभु से देश की सफलता की आशीष पाते रहें,
संसाधन भरपूर दिया, बस लोगों में भरपूर गुण-वर्धन हो,
हमारा देश भारत विश्व में हो प्यारा और दुलारा,
ऐसी कामना हर भारतीय के जन-जन में हो, और,
हर चीजों से हो परिपूर्ण हमारा भारत महान् प्यारा,
तो अहा! धन्य भारतीयम!! □

# भारत का राष्ट्रीय गीत : वंदे मातरम्

भारत का राष्ट्रीय गीत, 'वंदे मातरम्' है माँ भारती का गुणगान,
इसको गाकर हम धन्य होते, कहते भारत है महान्,
बंकिम चंद्र चट्टोपाध्याय ने इसे भारत-स्तुति स्वरूप रचा था,
तब से लेकर आज तक 'वंदे मातरम्' बनी देश की मर्यादा गाथा,
यह गीत है भारतीयता से ओत-प्रोत की अभिव्यक्ति मंत्रणा,
एक बहुधर्मी तथा बहुभाषी देश की पूर्ण भक्ति,
भारतवासियों की राष्ट्रीय एकता स्वरूप है 'वंदे मातरम् गीत'
हम फूले न समाते, अपने इस गीत को गाकर,
हृदय प्रफुल्लित होता, मन इतराता, भर जाती आत्मशक्ति,
वाह जी वाह! ऐसी सुंदर है, हमारी भारतमाता,
दिन और रात चैन से बिताते रहते,
ऐसी वरदायिनी भारत-भूमि की वंदना हम क्यों न करें,
शुद्ध जल और मीठा फल देने वाली भूमि को हमारा वंदन,
सभी भारतीयों का हृदय यह गीत करता स्पंदन,
विश्व में सर्वश्रेष्ठ बने हमारी भारत-भूमि,
इस भूमि पर न्योछावर हमारा तन-मन और धन,
तो अहा! धन्य भारतीयम!!

□

# भारत के राष्ट्रपिता : महात्मा गांधी

सत्य की राह पर चल, अहिंसा के पुजारी बन,
ऐसे मानव थे, भारत के राष्ट्रपिता महात्मा गांधी,
भारत को अंग्रेजों से गुलामी की बेड़ियाँ तोड़,
राष्ट्रपिता ने दिलवाई थी, पूर्ण आजादी हमारे देश को,
हमने अपनी श्रद्धा, भक्ति, प्रेम और कृतज्ञता दिखाकर,
महात्मा गांधी को दी 'राष्ट्रपिता' की मन से अभिव्यक्ति,
राष्ट्रपिता ने भारतीयों में स्वाभिमान था जगाया,
आत्मनिर्भर भारत बनाने को चरखा था चलवाया,
देशभर में दिया था, स्वच्छता का भरपूर संदेश,
कहा था, अल्लाह और ईश्वर बसते हैं स्वच्छता में,
गांधीजी का संपूर्ण जीवन खपा भारतीयों को उठाने में,
भारतीयों के साथ-साथ संपूर्ण मानवता को दिए नैतिक बोध,
पूरे विश्व में शांति की अलख थी जगाई,
छोटी जाति के लोगों को सम्मान से 'हरिजन' नाम दिलवाया,
देशभर में घूम-घूमकर अन्याय का किया दमन,
सभी के लिए हो न्याय का पाठ पढ़ाया हरदम,
ऐसे महामानव का भारत तो क्या, विश्व ने भी किया सम्मान,
ऐसा व्यक्ति भारत के ललाट पर चमका तारा समान,
कहलाए 'महात्मा गांधी' बच्चे, जवान और बुजुर्गों की जुबान,
ऐसे राष्ट्रपिता को हमारा है, शत-शत नमन,
तो अहा! धन्य भारतीयम!!

□

# भारत का मौलिक कानून : संविधान

भारत का मौलिक कानून लिखा हुआ है, संविधान की किताब में,
बाबा साहब भीमराव आंबेडकर थे, इसके शिल्पकार स्वयं से,
भारत की आजादी के बाद 26 जनवरी, 1950 को लागू हुआ संविधान,
जो देश को संप्रभु, समाजवादी, लोकतांत्रिक गणराज्य घोषित है करता,
नागरिकों के लिए समानताएँ, स्वतंत्रता और न्याय की करता वकालत,
संविधान की मूल भावना भारतीय संस्कृति पर है आधारित,
इसमें नागरिकों के मौलिक अधिकार और कर्तव्य हैं निहित,
सच कहा जाए तो संविधान है, नागरिक और देश के कानून की किताब,
जिसमें समाहित हैं नागरिकों के लिए पोषण, शिक्षण और मनोरंजन,
जिससे मानव जीवन होगा गरिमापूर्ण और परिपूर्ण,
हम किसी भी धर्म को मानें, पर मानव धर्म है सबसे बड़ा,
देश में कुछ भी, कहीं भी करें, भरण-पोषण का रोजगार,
पर अच्छी नीयत हो और नहीं हो भ्रष्टाचार का समाचार,
हर लमहा हम भारतीय खुशी से जिएँ, संतुष्ट रहें,
पर जरूरी है, हर नागरिक को अनुशासन की दरकार,
समय-समय पर जरूरत के हिसाब से संविधान में होता है संशोधन,
ताकि देश में आगे बढ़ने की निरंतरता बनी रहे हर दम,
संविधान का मूल उद्देश्य है नागरिकों की सुरक्षा और संवर्धन,
अत: हम भारतीय खुशहाल जिएँ और देश आगे बढ़ता रहे हर कदम,
तो अहा! धन्य भारतीयम!!

□

# भारत की राजभाषा : हिंदी

भारत की राजभाषा है हिंदी, जो है विश्व की एक प्रमुख भाषा,
यह अब राजभाषा से राष्ट्रभाषा बनने की तरफ हो रही है अग्रसर,
14 सितंबर, 1949 को हिंदी को राजभाषा की मिली थी स्वीकृति,
जो है सच्ची संवाहक, संप्रेषक और साथ ही साथ परिचायक,
यह भाषा भारतीयों के लिए सरल, सहज और है सुगम,
तभी तो यह देश में सबसे अधिक बोली और समझी है जाती,
हिंदी को देवनागरी लिपि में ही लिखा जाता,
इसे दुनिया भर में 80 करोड़ लोगों में समझा और बोला है जाता,
यह एक लचीली भाषा है, जिसमें दूसरी भाषा के शब्द हैं समाते,
यानी कि हिंदी ने अन्य भाषाओं को अपने अंदर किया है समाहित,
इसमें हम अपने भावों को अभिव्यक्त कर सकते हैं सरल ढंग से,
तभी तो आधुनिक हिंदी साहित्य के पितामह कहे जाने वाले,
भारतेंदु हरिश्चंद्र ने कहा था, 'निज भाषा उन्नति अहे, सब उन्नति का मूल'
हिंदी से हमारी मानसिकता पक्की होती है, राष्ट्रप्रेम है बढ़ता,
साथ ही हिंदी अच्छे संप्रेषण के लिए दूसरी भाषाओं से,
शब्दों को बेझिझक ग्रहण कर, उसका प्रयोग भी है करती,
हिंदी भाषा का इतिहास लगभग एक हजार वर्ष पुराना है माना गया,
यह समस्त भारत में आर्थिक, धार्मिक और राजनीतिक संपर्क माध्यम है,
आधुनिक हिंदी व्यापार के साथ-साथ संस्कार की भी होगी भाषा,
तो अहा! धन्य भारतीयम!!

□

# भारत की राष्ट्रीय प्रतिज्ञा : देश सर्वोपरि

राष्ट्रीय प्रतिज्ञा भारत देश के प्रति निष्ठा की है शपथ,
यह प्रतिज्ञा देश के नागरिकों में राष्ट्रवाद और एकता है बनाए रखती,
राष्ट्रीय प्रतिज्ञा सर्वप्रथम आंध्र प्रदेश के प्रसिद्ध तेलुगु साहित्यकार,
प्यिदीमर्री वेंकट सुब्बाराव द्वारा तेलुगु में रची गई थी,
भारत विशाल, उत्तम देश हमारा, प्राणों से भी है प्यारा,
हम सब भारतवासी भाई-बहन की तरह हैं मिलकर रहते,
हमें अपने देश पर मान है, सम्मान है, अभिमान है,
इसकी समृद्धि और विविध संस्कृति पर हमें है अति गर्व,
हम इसके सुयोग्य अधिकारी बनने का प्रयत्न सदा करते रहेंगे,
हम अपने माता-पिता, शिक्षकों और गुरुजनों का आदर करेंगे,
इतना ही नहीं, सबके साथ शिष्टता का व्यवहार करेंगे,
अपने कर्तव्यों में 'राष्ट्र सर्वोपरि' का ध्यान धरेंगे,
भारत की संस्कृति, नीति और कानून का तहेदिल से मान करेंगे,
अपने संविधान पर अटूट विश्वास रख सदैव आगे बढ़ेंगे,
हम अपने वीर सैनिकों को सम्मान की दृष्टि से देखेंगे,
देश के प्राकृतिक संसाधनों का संरक्षण करने का करते हैं वादा,
हम भारतवासी अपनी धरोहरों पर गर्व कर, उसे बचाए रखेंगे,
अपने साथ-साथ पौध-जगत् व पशु-जगत् का खयाल रखेंगे,
देशद्रोहियों की बुरी नजर पर कड़ी नजर रख, उनका ध्वंस करेंगे,
तो अहा! धन्य भारतीयम!!

□

# भारत का राष्ट्रपति : देश का प्रमुख

भारत के राष्ट्रपति का पद देश का सर्वोच्च पद होता है,
साथ ही राष्ट्रपति भारतीय सशस्त्र सेनाओं का सर्वोच्च सेनानायक भी है,
वह देश का प्रमुख और सरकार का प्रमुख, दोनों के रूप में है कार्य करता,
और लोकप्रिय वोट द्वारा चुना जाता है,
भारत का राष्ट्रपति देश का कार्यपालक अध्यक्ष होता है,
प्रत्येक नए चुनाव के बाद राष्ट्रपति सांसदों का करता है अभिवादन,
साथ ही सदन में वह ससंद् की बैठक भी है बुलाता,
ससंद् के प्रथम अधिवेशन को वह करता है संबोधित,
राष्ट्रपति देश और सरकार दोनों का प्रमुख होता है,
वह लोकसभा के प्रथम सत्र को संबोधित है करता,
और विशेष परिस्थितियों में लोकसभा को भंग करने की शक्ति है रखता,
इनको व्यापक शक्तियाँ और अधिकार हैं दिए गए,
राष्ट्रपति को किसी दंड से दोषी व्यक्ति को क्षमादान की शक्ति है निहित,
लोकसभा और राज्यसभा द्वारा पारित अध्यादेश,
राष्ट्रपति की अनुमति के बाद कानून का रूप है ले लेता,
भारत के राष्ट्रपति का कार्यकाल पाँच वर्षों का है होता,
वह लोकसभा, राज्यसभा और विधानसभा के निर्वाचित सदस्यों द्वारा चुना
    है जाता,
वह देश में युद्ध की घोषणा नहीं कर सकता,
राष्ट्रपति देश का प्रथम एवं अति सम्मानित नागरिक है होता,
तो अहा! धन्य भारतीयम!!

□

# भारत का प्रधानमंत्री : कार्यपालिका का प्रमुख

भारत में कोई भी योग्य व्यक्ति प्रधानमंत्री बन सकता है,
जो पच्चीस वर्ष से अधिक आयु का हो और लोकसभा या राज्यसभा का सदस्य हो,
देश का प्रधानमंत्री ही देश के संचालन का वास्तविक मुखिया होता है,
साथ ही राजकीय कार्यों में लगी मंत्रिपरिषद् का मुखिया भी प्रधानमंत्री ही है होता,
प्रधानमंत्री ही सरकार के मंत्रिपरिषद् का निर्माता होता है,
इस प्रकार प्रधानमंत्री का स्थान ससंद् में महत्त्वपूर्ण है होता,
वह देश के राजनीतिक दल और ससंद् के बहुमत दल का नेता भी होता है,
अत: प्रधानमंत्री जनता का प्रिय और प्रभावशाली व्यक्ति है होता,
प्रधानमंत्री ही मंत्रियों को है चुनता और मंत्रिपरिषद् का निर्माण है करता
वह मंत्रिपरिषद् की बैठकों में सभापति का पद ग्रहण करता है,
मंत्रिपरिषद् के कार्यों, निर्णयों में उसका सबसे अधिक हाथ है होता,
प्रधानमंत्री राष्ट्र की नीति को करता है निर्धारित,
उसे सभी विभागों की जानकारी प्राप्त करने का है अधिकार,
वह राष्ट्रपति, लोकसभा तथा मंत्रिपरिषद् के बीच समन्वय का कार्य है करता,
नीति संबंधी अधिकांश बातों को वह ससंद् में है व्यक्त करता,
देश की आंतरिक एवं बाह्य नीतियों का निर्धारण भी वही है करता,
और संकट के समय प्रधानमंत्री के अधिकार व जिम्मेदारी भी बढ़ जाती
प्रधानमंत्री की सिफारिश पर ही राष्ट्रपति लोकसभा को विघटित है करता,
इस प्रकार प्रधानमंत्री के कार्य और जिम्मेदारियाँ हैं महत्त्वपूर्ण,
प्रधानमंत्री ही देश तथा प्रजा का वास्तविक शासक है होता,
तो अहा! धन्य भारतीयम!! □

# भारत की लोकसभा : निचली प्रतिनिधि सभा

भारत की लोकसभा चुने गए सांसदों की सभा होती है,
संविधान द्वारा आवंटित इस सदन में 543 सदस्य होते हैं,
लोकसभा का गठन वयस्क मतदान चुनाव द्वारा होता है,
जिसका कार्यकाल पाँच वर्षों तक पूर्ण होता है,
भारत की द्विसदनीय व्यवस्था का निचला सदन है लोकसभा,
और इस सदन का नेता, भारत का प्रधानमंत्री ही होता,
लोकसभा जनता के सामाजिक और भौतिक कल्याण हेतु,
कानूनों एवं नीतियों का निर्माण कर कार्यान्वयन कराती है,
संविधान से शक्ति प्राप्त कर, लोकसभा प्रशासन पर रखती है अपना नियंत्रण,
और सदन की बैठकों की अध्यक्षता बिना किसी पक्षपात के करता है अध्यक्ष,
लोकसभा के सदन में एक विपक्षी पार्टी का भी होता हैं नेता,
जो ससंद् की त्रुटिपूर्ण काररवाई पर नजर रख आक्षेप है करता,
लोकसभा के प्रतिनिधि अपने क्षेत्र की कठिनाइयों का करते है जिक्र,
और ससंद् से समाधान पाने की रखते हैं अभिलाषा,
प्रत्येक वर्ष लोकसभा के तीन सत्र होते हैं आयोजित,
जिसमें बजट सत्र, मानूसन सत्र और शरद सत्र है होता,
इन सत्रों के दौरान लोकसभा में अनुशासन बनाए रखता है अध्यक्ष,
अत: लोकसभा स्पीकर का पद एक प्रतिष्ठित व अराजनीतिक पद है,

लोकसभा जनता का प्रतिनिधित्व करने वाला सदन है,
यानी देश का नागरिक ही अपने लोकसभा प्रतिनिधियों द्वारा करता है शासन,
तो अहा! धन्य भारतीयम!!

□

# भारत की राज्यसभा : ऊपरी प्रतिनिधि सभा

राज्यसभा भारतीय ससंद् की ऊपरी प्रतिनिधि सभा है,
जिसमें नामांकित सदस्य मिलाकर कुल 245 सदस्य होते हैं,
राज्यसभा केंद्रीय विधानमंडल में राज्यों की प्रतिनिधि है,
जो केंद्र सरकार के विरुद्ध राज्यों के अधिकारों की करती है रक्षा,
राज्यसभा के 12 सदस्य भारत के राष्ट्रपति द्वारा नामांकित किए जाते हैं,
और नामांकित सदस्य कला, साहित्य और सेवा–क्षेत्र के विशिष्ट व्यक्ति हैं होते,
भारत के उपराष्ट्रपति ही राज्यसभा के होते हैं सभापति,
और प्रत्येक सदस्य 6 वर्ष के लिए निर्वाचित किए हैं जाते,
राज्यसभा ससंद् का स्थायी सदन कहा जाता है,
क्योंकि यह कभी पूर्ण रूप से भंग नहीं किया जा सकता,
भारत की राजनीति में राज्यसभा के हैं कई फायदे,
यह जल्दबाजी में कानून बनाने पर रोक लगा है सकता,
यह स्वतंत्र, प्रतिभाशाली व्यक्तियों को प्रतिनिधित्व देता है,
जिससे देश को विशिष्ट प्रतिभा का लाभ है मिल जाता,
राज्यसभा एक स्थायी सदन है, जिसके 1/3 सदस्य,
प्रत्येक दो वर्ष में सेवानिवृत्त होते रहते हैं,
राज्यसभा के सदस्य सभी राज्य विधानसभा के सदस्यों से चुने हैं जाते,
राज्यसभा लोकसभा के विपरीत, देश का एक स्थायी निकाय है,
लोकसभा भंग होने पर राज्यसभा शासन की प्रमुख भूमिका है निभाता,
भारतीय ससंद् के ऐसे विलक्षण राज्यसभा पर हमें है गर्व,
तो अहा! धन्य भारतीयम!!

□

# भारत का स्वतंत्रता दिवस : 15 अगस्त

प्रतिवर्ष 15 अगस्त को भारत का स्वतंत्रता दिवस देश भर में मनाया जाता है,
यह खास दिवस पूरे देश में राष्ट्रीय पर्व की तरह उल्लासित होता है,
इस दिन देश भर में सभी दफ्तर और दुकानें बंद रहती हैं,
और तिरंगा देश में चारों तरफ आन-बान और शान से लहराता है,
सच कहा जाए तो प्राचीन काल में विशाल भारत सोने की चिड़िया थी,
जिसके वैभव से आकर्षित होकर कई आक्रांताओं ने इस पर आक्रमण किया,
आक्रमणकारियों ने कई वर्षों तक भारत पर किया था शासन,
मुख्यत: मुगल और अंग्रेजों ने कई सौ साल तक राज किया,
अंतत: काफी संघर्ष और बलिदान के बाद भारत स्वतंत्र हुआ,
और 15 अगस्त, 1947 को भारत को अंग्रेजों से आजादी मिली,
स्वतंत्रता की पहली लड़ाई 1857 में हुई थी, जो कुचल दी गई,
फिर सन् 1915 में महात्मा गांधी के नेतृत्व में लड़ी गई थी,
जो बिना तोप और तलवार और खून-खराबे के न होकर,
सत्य और अहिंसा जैसे मानवीय मूल्यों द्वारा अहिंसक लड़ाई थी,
सत्य और अहिंसा के बुने जाल में अंग्रेज धीरे-धीरे उलझते गए,
और अंतत: भारत देश को गुलामी से आजादी मिली,
स्वतंत्रता दिवस के दिन प्रतिवर्ष आजाद भारत के प्रधानमंत्री,
दिल्ली की धरोहर लाल किला से तिरंगा फहराते हैं,
साथ ही देश की उन्नति का जिक्र कर भविष्य की योजनाएँ बताते हैं,
रात के वक्त ससंद् और राष्ट्रपति भवन प्रकाश से हो जाता है रंगीन,
तो अहा! धन्य भारतीयम!!

□

# भारत का गणतंत्र दिवस : 26 जनवरी

प्रतिवर्ष 26 जनवरी को पूरे देश में मनाया जाने वाला,
गणतंत्र दिवस भारत का एक राष्ट्रीय गौरव पर्व है,
इसी दिन 26 जनवरी, 1950 को देश का संविधान लागू हुआ,
और हमारा देश भारत पूरी तरह से लोकतांत्रिक गणराज्य बन गया,
इस दिन पूरे देश में राष्ट्रीय अवकाश रहता है और,
पूरा देश अपने तिरंगे की शान में एक-दूसरे को बधाइयाँ देकर खुश है होता,
इस दिन भारत सरकार द्वारा नई दिल्ली के कर्तव्य-पथ पर,
तिरंगा झंडारोहण और राष्ट्रगान के बाद सेना द्वारा परेड की जाती है,
यह भव्य परेड अपने शौर्य और वीरता का प्रदर्शन करती है,
जो विजय चौक से शुरू होकर इंडिया गेट पर खत्म है हो जाती,
इस दौरान थलसेना, वायुसेना और नौसेना द्वारा राष्ट्रपति को सलामी दी जाती है,
अत्याधुनिक हथियारों, टैंकों और विभिन्न झाँकियों की प्रस्तुति की जाती है,
इस तरह देशवासी के साथ-साथ पूरी दुनिया, देश का शौर्य और संस्कृति है देखती,
साथ ही विभिन्न राज्य की राजधानियों में भी तिरंगा फहराया जाता है,
इस दिन सुबह-सवेरे ही महान् कार्यक्रम को देखने के लिए,
भारतवासी उत्सुकता से कर्तव्य-पथ पर इकट्ठे हो जाते हैं,
साथ ही घरों में बैठकर भी देशवासी टी.वी. पर यह आयोजन देखते हैं,
इस दिन देश की विरासत के साथ विकास की झाँकियाँ हैं निकलतीं,
इस तरह गणतंत्र दिवस देश का आत्मगौरव व सम्मान है दरशाता,
तो अहा! धन्य भारतीयम!! □

# भारत की राजनीतिक विचारधारा : लोकतंत्र

भारत ने अपनी आजादी के बाद सत्ता सँभालने के लिए लोकतंत्र को चुना,
लोकतंत्र किसी देश की ऐसी लोकप्रिय शासन व्यवस्था है,
जिसमें शासन करने के लिए खुद जनता अपने प्रतिनिधि चुनती है,
लोकतंत्र में राजनीतिक, सामाजिक के साथ आर्थिक न्याय की व्यवस्था होती है,
ससंद्, इस लोकतंत्र की सबसे बड़ी चुनी हुई सभा है,
पर भारत में लोकतंत्र व्यवस्था सही ढंग से तभी चलेगी,
जब सत्ता पक्ष और विपक्ष सिद्धांतों के प्रति पूर्ण प्रतिबद्ध रहें,
हाँ, असहमति का अधिकार लोकतंत्र का अभिन्न पहलू है,
परंतु विरोध की आड़ में अराजकता स्वीकार्य नहीं हो सकती,
जनता द्वारा चुने हुए सांसद वांछित नीतियों को आकार देते हैं,
लोकतंत्र में हठधर्मिता का कोई स्थान नहीं होता,
हाँ, संवाद से सहमति और सहमति से समाधान है लोकतंत्र का मूलमंत्र,
आँकड़ों के अनुसार, भारत विश्व का सबसे बड़ा लोकतंत्र है,
और इस लोकतंत्र में जनता और देश की प्रगति ही एकमात्र लक्ष्य है,
लेकिन राजनीतिक भ्रष्टाचार के कारण लक्ष्य गया है भटक,
पर कैसे भी हम भारतवासी सही लोकतंत्र लाएँगे,
सच कहा जाए तो लोकतंत्र शासन प्रणाली विश्व में लोकप्रिय है,

क्योंकि यह जनता द्वारा, जनता के लिए ही शासन व्यवस्था है,
भारत विश्व का सबसे बड़ा व पुराना लोकतंत्र है और,
यहाँ तक कि कोई भी देश का नागरिक सत्ता की चौखट तक पहुँच सकता है,
तो अहा! धन्य भारतीयम!!

□

# भारत की स्वस्थ जीवन जीने की कला : योग विद्या

योग विद्या की उत्पत्ति भारत में हुई, जो दुनिया में लोकप्रिय हुई,
यह न तो आस्था है, न अंधविश्वास और न ही धर्म,
बल्कि योग निरोगी काया रखने की है जीवन पद्धति,
योग विद्या भारत का अमूल्य शारीरिक ज्ञान-विज्ञान है,
यह संयमपूर्वक तय नियम से की जाने वाली शारीरिक क्रिया है,
भारत में 'योग सूत्र' की रचना महर्षि पतंजलि ने की थी,
जिसके अभ्यास से शारीरिक व मानसिक उपचार संभव हो जाता है,
जीवन की तनावपूर्ण परिस्थिति में सहनशक्ति की क्षमता है आ जाती,
मन शांत एवं शरीर सुगठित व लचीला है बन जाता,
योग हमारे मस्तिष्क को है करता तनावमुक्त,
अत: योग का प्रभाव जीवन के हर क्षेत्र पर है पड़ता,
आज पूरा विश्व भी योग की क्रियाओं से हो रहा है लाभान्वित,
तभी तो प्रतिवर्ष 21 जून को 'अंतरराष्ट्रीय योग दिवस' मनाया है जाता,
योग के आठ अंग—यम, नियम, आसन, प्राणायाम, प्रत्याहार, धारणा, ध्यान व समाधि,
हिंदू धर्म में भगवान् शिव को 'आदि-योगी' के रूप में है जाना जाता,
योग मुख्यत: चार प्रकार के होते हैं—राजयोग, धर्मयोग, कर्मयोग और भक्तियोग,
योग की विशेषता है कि यह कहीं भी बैठकर किया है जा सकता,

चेहरे पर कांति आ जाती है और शरीर होता सुगठित,
योग एक जीवन पद्धति को पातंजलि ने क्रमबद्ध किया,
योग भारत की संस्कृति का है हिस्सा और कहलाता है योग-गुरु,
तो अहा! धन्य भारतीयम!!

□

# भारत का सर्वोच्च नागरिक सम्मान : भारत-रत्न

भारत अपने सपूतों को 'भारत-रत्न' सम्मान से है नवाजता,
देश की आजादी के बाद वर्ष 1954 से यह सम्मान देने की प्रथा हुई शुरू,
उस वक्त तत्कालीन राष्ट्रपति डॉ. राजेंद्र प्रसाद ने की थी यह शुरुआत,
कला, साहित्य, विज्ञान, समाज-सेवा और खेल जैसे विशिष्ट क्षेत्रों में,
उल्लेखनीय योगदान देने वाले नागरिकों को दिया जाता यह सम्मान,
यह सम्मान असाधारण राष्ट्र-सेवा के लिए किया जाता है प्रदान,
इस पदक के डिजाइन में ताँबे के बने पीपल के पत्ते पर,
प्लेटिनम धातु से बना चमकता सूर्य है होता,
जिसके नीचे चाँदी से लिखा रहता है—'भारत-रत्न'
भारत-रत्न मेडल के पीछे अशोक चिह्न के साथ 'सत्यमेव जयते' लिखा होता है,
सम्मानित व्यक्ति को भारत सरकार द्वारा कोई धनराशि नहीं दी जाती,
परंतु विभिन्न सरकारी विभागों की सुविधाएँ हैं मिलतीं,
भारत में सर्वप्रथम भारत-रत्न सी. राजगोपालाचारी, सर्वपल्ली राधाकृष्णन
तथा चंद्रशेखर वेंकट रमन को था मिला,
यह सम्मान हर भारतीय को देश के प्रति सेवारत रहने की देता है प्रेरणा,
भारत-रत्न प्राप्त करना अपने आप में विशिष्ट गौरव की बात है,
जिस भारतीय ने भी अपना जीवन देश की सेवा में अर्पण किया,
वे हुए भारत-रत्न के भरपूर हकदार,
देशभक्ति करते हुए हमारा जीवन-लक्ष्य भी है मिल जाता,
यानी कि अपने जीवन को सफलतापूर्वक जीते हुए देश को भी जिएँ,
तो अहा! धन्य भारतीयम!! □

# भारत का राष्ट्रीय कैलेंडर : शक कैलेंडर

भारत का एक अपना राष्ट्रीय कैलेंडर शक संवत् पर है आधारित,
इसे भारत में 22 मार्च, 1957 को अंगीकार किया हमने,
इस कैलेंडर का प्रथम मास कहलाया चैत्र मास,
हमारी ऐसी धारणा है कि उज्जयिनी के राजा विक्रमादित्य,
अपनी विजय के उपलक्ष्य में इस संवत् की शुरुआत की थी,
जो कालांतर में इसका नाम 'शक संवत्' स्थिर हुआ,
सच! शक कैलेंडर का प्रथम माह चैत्र होता है बहुत सुहावना,
धरती हरी-पीली, बाग-बगीचों, खेत-खलिहानों से जाती भर,
मौसम होता इतना रमणीक कि बस दिल खिल उठे,
न जाड़ा, न गरमी, न बरसात, बस सौगात ही सौगात,
एक अद्‌भुत मनभावन मौसम 'वसंत' की होती शुरुआत,
नई फसल होती तैयार, चारों तरफ रहती खुशी की बयार,
साथ ही कोयल भी कूक उठती है इस मनभावन मौसम में,
तभी तो भारतीयों के शक कैलेंडर का चैत्र है प्रथम मास,
हम मनाते वर्ष के प्रथम मास के प्रथम दिन को नववर्ष दिवस,
हमारे शक कैलेंडर पर आधारित चैत्र मास में,
भारत में वर्ष का प्रथम दिन कहलाता है 'संवत्सर'
यह केवल नववर्ष का प्रारंभ ही नहीं, बल्कि है सृष्टि-सृजन दिवस,
जिसमें प्रकृति, पशु-पक्षी के साथ-साथ लोग भी झूम उठते,
रात और दिन के साथ रंगीन हो जाती पूरी कायनात,
तो अहा! धन्य भारतीयम!!

□

# भारत की प्राचीन चिकित्सा पद्धति : आयुर्वेद

भारत देश का प्राचीन चिकित्सा विज्ञान है आयुर्वेद,
जो सिखाता है कि सिर्फ औषधियों के सेवन पर जोर नहीं देना,
बल्कि ऋतुओं के अनुकूल जीवन-यापन करना भी है सिखाता,
आयुर्वेद में आहार, विचार, व्यवहार और दिनचर्या पर है बल,
यह हमारे शरीर, मन और चेतना में संतुलन कर बीमारी रोकता है,
आयुर्वेद का मुख्य उद्देश्य व्यक्ति को निरोगी रखना है,
और रोगी हो जाने पर जड़ी-बूटी द्वारा विकार का करता शमन,
आयुर्वेद का जनक 'चरक' को है कहा जाता, जिन्होंने 'चरक-संहिता' लिखी,
पर आयुर्वेद का श्रेय देवताओं के चिकित्सक धन्वंतरि को है दिया जाता,
उत्तम स्वास्थ्य के लिए ऋतुचर्या को अपनाकर जीवन-शैली बनाएँ,
तो काफी हद तक सेहत सुरक्षित रहती और रोगाणु प्रतिरोधक क्षमता है बढ़ती,
आयुर्वेद में संसार तथा जीवन, रोगों और औषधियों का है वर्णन,
इसमें भृंगराज जड़ी-बूटी सबसे अच्छी दवा है मानी जाती,
भारत में 'वैद्यनाथ' सबसे पुराना एवं लोकप्रिय औषधि निर्माता है,
आयुर्वेद लगभग 5,000 वर्ष पुराना चिकित्सा विज्ञान है,
इसमें वैद्यों का है कहना कि 'संतुलित आहार ही औषधि है'
इतना ही नहीं, आयुर्वेद शरीर, मन और चेतना में संतुलन कर बीमारी रोकता है,
हमारे देश में केरल आयुर्वेद का उपयोग दवा के रूप में है करता,
आयुर्वेद के अनुसार, जिसका इंद्रियाँ, मन तथा आत्मा प्रसन्न है, वही स्वस्थ है,
तो अहा! धन्य भारतीयम!!

□

# भारत की विविधता में एकता : बहुसंस्कृति

भारत में लोगों की विविधता में भी ऐसी एकता है, जो है विश्वविख्यात,
यही बात भारत को और देशों से अलग और अनूठा बनाती है,
हमारे देश का यही करिश्मा है कि यहाँ इतने सारे,
धर्म, जातियाँ, संस्कृति व भाषाएँ हैं, लेकिन एकता भी है,
हमारे रीति-रिवाज और प्रथा हैं भिन्न-भिन्न,
पर भारतीय संस्कृति ने विविधता में एकता की दी है अनुमति,
अपने-अपने विश्वास के आधार पर यहाँ नागरिकों की,
जीवन-शैली अलग-अलग है, जो स्वतंत्र है, निडर है,
अत: भारत अपनी समृद्ध सांस्कृतिक विरासत के लिए है प्रसिद्ध,
देश के भीतर विभिन्न धार्मिक और संस्कृतियों के लोग,
एक-दूसरे का करते हैं सम्मान और साथ में भागीदारी,
न होता एक-दूसरे धर्मों, जातियों, संस्कृतियों में टकराव,
इस प्रकार देश बच जाता है बिखराव और मनमुटाव से,
साल भर विभिन्न जातियों के त्योहारों से सजता है भारत,
रहता है हर्षोल्लास हर महीने किसी न किसी संस्कृति का,
देश में भिन्न-भिन्न धार्मिक और संस्कृतियों के लोग,
एक-दूसरे का करते हैं सम्मान और इस तरह होता यहाँ विहान,
अत: भारत की एकता का सबसे सुदृढ़ पथ है इसकी संस्कृति,
साथ में भाईचारा समाज को मजबूत और रंगीला है बनाता,
यही हमारे राष्ट्रीय चरित्र की धरोहर और मानवीय वृत्ति है,
तो अहा! धन्य भारतीयम!!

□

# भारत का जीवन दर्शन :
# सर्वे भवन्तु सुखिनः

प्राचीन काल से ही हम भारतीयों का दर्शन है, 'सर्वे भवन्तु सुखिन:'
यानी स्वयं के साथ-साथ सभी को सुखी रहने दें,
ऐसा ही प्रावधान हमारे संविधान में भी है निहित,
हम तभी सुखी हो सकते हैं, जब हम धर्म को धारण करते हुए,
अंतत: अर्थ, काम और मोक्ष-प्राप्ति की कामना करें,
यानी सकारात्मक कर्म करते हुए जीवन शांत और हो सुखी,
साथ ही प्रत्येक व्यक्ति अपनी-अपनी प्रतिष्ठा व स्वतंत्रता के साथ,
दूसरे व्यक्ति की भी गरिमा व स्वतंत्रता की रक्षा करे,
सर्वे भवन्तु सुखिन: की परिकल्पना तभी सार्थक होगी,
जब हम प्रत्येक नागरिक पहले अपने कर्तव्यों का ध्यान रखें,
तभी दूसरों के मूल अधिकार परिलक्षित होंगे,
इस प्रकार हम अपने अधिकारों को सुरक्षित रखते हुए
दूसरों के अधिकारों का यत्नपूर्वक सम्मान करें,
यानी कि 'जियो और जीने दो' के सिद्धांत को अपनाएँ,
यही अवधारणा हमारे भारतीय संविधान में भी है सुरक्षित,
प्रत्येक मनुष्य में कुछ स्वाभाविक कामनाएँ होती हैं,
पर जब हम कामनाओं की पूर्ति के लिए धर्म से हो जाते विमुख,
तब समाज में फैलती है अराजकता और भ्रष्टाचार,
अत: हमारा भारतीय दर्शन 'सर्वे भवन्तु सुखिन:' तभी पूर्ण होगा,
जब हम सभी धर्म का वहन कर सही आचरण करेंगे,
तो अहा! धन्य भारतीयम!! □

# भारत की विचारधारा : वसुधैव कुटुम्बकम्

हम भारतीयों की विचारधारा है—'वसुधैव कुटुम्बकम्'
यह एक ऐसी अभिव्यक्ति है, जिसका अर्थ है—पूरी पृथ्वी एक परिवार,
यानी दूसरे व्यक्तियों के साथ भ्रातृत्व एवं गरिमा का भाव,
जो बताता है कि विश्व भर के सभी मनुष्य हैं समान,
साथ ही यह भावना भी अंतर्निहित है कि विश्व में सभी के अधिकार समान हैं,
अर्थात् जन्म से सभी बराबर और गरिमापूर्ण हैं,
अतएव यह सभी का कर्तव्य है कि सभी एक-दूसरे के विकास में सहायक बनें,
'वसुधैव कुटुम्बकम्' भारतीय ससंद् के प्रवेश-कक्ष में भी है अंकित,
क्योंकि यह सनातन धर्म का मूल संस्कार भी है,
जब हम पृथ्वी को माँ का सम्माननीय स्थान देते हैं,
तो समस्त पृथ्वीवासी, पृथ्वी माँ का परिवार हैं हो जाते,
तब वसुधैव कुटुम्बकम् का अर्थ है पूरी पृथ्वी एक परिवार,
विश्व में जितने भी देश के लोग हैं,
वे सभी सुख-दुःख में एक-दूसरे पर निर्भर हैं,
अर्थात् असुरक्षा, अन्याय, भुखमरी, गरीबी, आतंकवाद से,
हम पूरे विश्व के लोग मिलकर निपटें,
वसुधैव कुटुम्बकम् न केवल सामाजिक, सांस्कृतिक व धार्मिक दृष्टि से,
वरन् आर्थिक और वैज्ञानिक दृष्टि से भी लोकमंगलकारी है,
वसुधैव कुटुम्बकम् के पवित्र भाव को आत्मसात् करने से,
विश्व-बंधुत्व का भाव प्रबल होगा, विश्व-सहयोग बढ़ेगा,
तो अहा ! धन्य भारतीयम !!

□

# भारत का अध्यात्म दर्शन : आत्मा और परमात्मा

अध्यात्म भारत की परंपरागत सांस्कृतिक विरासत है,
जो ऋषियों मनीषियों द्वारा दी गई विद्या और चिंतनधारा है,
साथ ही यह आत्मा और परमात्मा का अटूट संबंध है बताता,
और अध्यात्म का अर्थ है—अपने भीतर के चेतन तत्त्व को जानना,
मतलब अपने ही भीतर परमात्मा से मिलन का परम ज्ञान,
अध्यात्म का ज्ञान व्यक्ति को मानसिक और भावनात्मक शांति है देता,
आध्यात्मिक शक्ति प्राप्त व्यक्ति शांत, संतुष्ट और सुखी महसूस है करता,
जिससे स्वयं के साथ-साथ सभी का कल्याण है होता,
भारत की सभ्यता में रचा-बसा है अध्यात्म का ज्ञान,
अध्यात्म ही वास्तविक सुख से साक्षात्कार कराने में है सक्षम,
जब हमारी आत्मा, परम तत्त्व परमात्मा से करती है मिलन,
तब तृप्त हो जाती है आत्मा की हर तड़पन, भर जाती है सकारात्मक ऊर्जा से,
आज प्रत्येक व्यक्ति सुख की तलाश में रहा है भटक,
वह धन, शक्ति व पद की प्राप्ति मात्र से तृप्त नहीं होता,
तब ऐसी अवस्था में तृप्ति पाने का उत्तर है अध्यात्म,
अत: अध्यात्म के द्वारा हमें अपने आत्म-कल्याण के लिए पुरुषार्थ है करना,
युवावस्था से ही करना चाहिए, ताकि पूरा जीवन सुख-शांति से बीते,
अध्यात्म इतना ही नहीं, बल्कि आत्मा का विकास करने वाला ज्ञान है,
अत: इसके लिए हम प्रतिदिन एक घंटा अपने इष्टदेव का ध्यान लगाएँ,
तो अहा! धन्य भारतीयम!!

□

# भारत की जीवन आराधना : जीवेम शरदः शतम्

भारत में जीवन के लिए आराधना है—'जीवेम शरदः शतम्'
यानी कि 'हे सूर्य हम सौ वर्ष तक जीवित रहें'
यजुर्वेद में प्रार्थना की गई है कि हम सौ साल जिएँ,
ऐसे में सेहतमंद रहना मनुष्य के लिए एक बड़ी चुनौती है,
स्वस्थ रहने के लिए हमें अनुशासित जीवन-शैली, संयमित खान-पान,
मौसम के अनुकूल रहन-सहन और प्रकृति से जुड़कर है चलना,
इतना ही नहीं, साथ ही आशावादी और परोपकारी बनें,
शरीर के अंगों को योग द्वारा पुष्ट बनाना होगा,
सत्यनिष्ठ बन, मन को पवित्र एवं भय रहित बनाएँ,
जीवन में अपने साथ दूसरों का भी लें हाथ,
एकता, सहयोग व भाईचारा का हो बंधनयुक्त जीवन,
शारीरिक व्याधि गर आए जीवन में, न घबराएँ मन में,
डॉक्टर और सही औषधि से होंगे हम व्याधि-मुक्त,
लेकिन मानसिक व्याधि की भी रखनी होगी पहचान,
इसके लिए झूठ, फरेब और बेईमानी से रहें हम दूर,
हम भारतीय तब स्वस्थ और होंगे मशहूर,
हम प्रकृति माँ को सहचर बनाएँगे, इसकी इकाई ठहरें हम,
ठाना है हमने विश्व की एक जिम्मेदार इकाई बनने की,
प्लास्टिक इस्तेमाल कम और पौधरोपण से होगा वायु शुद्ध,
विश्व में जलवायु परिवर्तन को थामेंगे हम विवेकी बन,
तो अहा! धन्य भारतीयम!! □

# भारत की ऋतुएँ :
# छह ऋतुओं की मणिमाला

भारत देश अपनी जलवायु की विशिष्टता से है सजा,
भारत विश्व का अकेला ऐसा देश है, जो जलवायु चक्र में
सजा है, विशिष्ट छह अलग-अलग ऋतुओं के आगमन से,
ग्रीष्म, वर्षा, शरद, हेमंत, शिशिर और वसंत हैं विभिन्न ऋतुएँ,
छह ऋतुओं में हरेक का चक्र दो-दो महीने का है होता,
ग्रीष्म ऋतु के महीने होते वैशाख और जेठ,
गरमी की गरमाहट पाकर जाग उठती पूरी कायनात,
हम हलके ढीले कपड़ों में घूमते बाजार और खलिहान,
फिर आषाढ़ और सावन के महीनों में होती रिमझिम वर्षा,
बादल, बिजली, चंदन, पानी और फिर टिप-टिप बरसी बरखा रानी,
अब शरद ऋतु आती भाद्रपद और आश्विन के महीने में,
धरती माँ दिखती स्वच्छ और हरियाली सुंदर,
इसके बाद हेमंत का समय होता कार्तिक और अगहन के महीने में,
जो किसानों के लिए सुखद एवं व्यस्त समय है होता,
तब शिशिर ऋतु पूस और माघ के महीने में है उतर आती,
जो हमें गरम कपड़ों में लिपटाकर गुड़ और तिल खिलाती,
जबकि ऋतुराज वसंत का साम्राज्य होता है फाल्गुन और चैत्र में,
इसमें मौसम होता मनभावन और धरा सज जाती सुहावन,
इस तरह हम होते अनुगृहीत पृथ्वी के प्रकृति परिवर्तन से,
भारत का ऐसा अनूठा ऋतु-परिवर्तन, जिससे सजता तन-मन,
तो अहा! धन्य भारतीयम!! □

# भारत का राष्ट्रीय आदर्श वाक्य : सत्यमेव जयते

भारत के राज्य-चिह्न 'अशोक स्तंभ' के निचले फलक पर,
देवनागरी लिपि में अंकित है 'सत्यमेव जयते'
'सत्यमेव जयते' का सरल अर्थ है—सत्य की सदा जीत होती है,
भारत सरकार ने यह नारा 26 जनवरी, 1950 को घोषित किया,
यह एक श्लोक का हिस्सा है, जिसे मुंडकोपनिषद् से है लिया गया,
यह नारा शासन एवं प्रशासन की शुचिता का है प्रतीक,
सत्य की चाल होती धीमी, पर आधार होता है ठोस,
सत्य प्रताड़ित हो सकता है, पर पराजित नहीं,
सत्यमेव जयते के रचयिता पंडित मदन मोहन मालवीय हैं,
सत्यवादी मनुष्य में आंतरिक बल और आत्मबल होता भरा,
जिससे उसका मन होता निडर और कर्म होता प्रबल,
अत: कहा जा सकता है कि सत्य ही सुंदर है और सुंदर ही शिव है,
और जहाँ इन तीनों का हो जाता मिलन, सफलता है निश्चित,
यहाँ तक कि मिथ्यावादी भी करते हैं, सत्य का सम्मान,
सत्य की राह पर चलकर ही, देश ने हासिल की आजादी,
मिथ्या के तो दसों बहाने, पर सत्य की बुनियाद है सिर्फ एक,
मिथ्या करता हमें दिग्भ्रमित, पर सत्य की राह हमेशा होती नेक,
सत्य की राह पर चलकर अंतत: प्राप्त होता है जीवन का चरम लक्ष्य,
सत्य वह चमकता मानवीय हीरा है, जिसकी चमक है शाश्वत,
हम भारतीय सत्य का करते वरण और विश्वास से भरते कदम,
तो अहा! धन्य भारतीयम!! □

# भारत का उच्चतम ज्ञान : कर्म और कर्मफल

भारत में ज्ञान ही जीवन का सर्वोच्च उद्‌देश्य रहा है,
इस देश के दर्शन में, व्यक्ति के कर्म और उसका कर्मफल है,
गीता में कहा भी गया है कि जैसा कर्म करोगे, वैसा फल देंगे भगवान्,
हम सभी जानते हैं कि इस पृथ्वी पर कोई भी प्राणी अकर्मण्य नहीं रह सकता,
अत: कर्म करते वक्त हम पहले से ही रहें सचेत,
साथ ही अपने विचारों, वाणी और कर्म पर नियंत्रण है जरूरी,
हमें कर्म करते वक्त मानवीय धर्म का वरण करना चाहिए,
हम कर्म स्थान, समय और स्थिति को ध्यान में रखकर करें,
जीवन में लोभ, मोह और अहंकार-रहित कर्म का हो मर्म,
हम भारतवासी परमार्थी हैं, अर्थात् परमात्मा को सबकुछ मानते हैं,
लाभ-हानि में सम रहकर हमें जीवन जीना आना चाहिए,
हम भारतीय किसी भी परिस्थिति में शांत भाव से जानते हैं जीना,
वस्तुत: कर्म ही हमारे उत्थान और पतन का है कारण,
कर्म ही हमारे जीवन की दशा व दिशा हैं करते तय,
यह भी हम जानते हैं कि उचित कर्म करते हुए कर्मफल की इच्छा न की जाए,
कर्मफल की इच्छा से असंतोष और लालसा है बढ़ती,
साथ ही कर्म के अनुरूप तो हमें कर्मफल मिलना ही है,
यह ज्ञान हमारे बौद्धिक और नैतिक जीवन के लिए महत्त्वपूर्ण है,
मान्यताओं के अनुसार, मनुष्य के कर्म ही उसके सुख-दु:ख का बनते हैं कारण,
कर्म और कर्मफल के ऐसे अद्वितीय सिद्धांत वाला देश है हमारा भारत,
तो अहा! धन्य भारतीयम!! □

# भारत की संस्कृति में अतिथि : अतिथि दवो भव

भारतीय संस्कृति में अतिथि को 'अतिथि देवो भव' कहा गया है,
इसका अभिप्राय है कि घर आए मेहमान को भगवान् का रूप है माना गया,
हम भारतीय मेहमानों का आदर-सत्कार और इज्जत करते हैं,
भारतीय परंपरा के अनुसार, अतिथि थोड़े समय के लिए जब आए,
तो उन्हें देवता के समान आदर कर सम्मानपूर्वक विदा हैं करते,
अतिथियों का स्वागत सिर्फ नमस्ते भर नहीं, बल्कि उससे आगे,
उनका खान-पान का स्वागत एवं संवाद स्वागत भी है समाहित,
अत: भारतीय समाज में बच्चों को बचपन से ही सिखाते हैं मेहमानों का आदर-सत्कार करना,
उनकी इज्जत करना और देखभाल करना सिखाया है जाता,
'अतिथि देवो भव' भारत में पर्यटन मंत्रालय द्वारा भी शुरू किया गया एक अभियान है,
साथ ही हमारी यह भी अवधारणा है कि घर के द्वार पर
आए किसी भी व्यक्ति को भूखा लौटा देना पाप है, वर्जित है,
गृहस्थ जीवन में अतिथि का सत्कार करना बड़ा पुण्य माना गया है,
ऐसी स्थिति में जिस घर से अतिथि प्रसन्न, खुश होकर जाते हैं,
उस घर में उस अतिथि से दुआएँ भी भरपूर मिलती हैं,
तब ऐसी स्थिति में अतिथि को भी आतिथेय की परेशानियों

का ध्यान रखना परम कर्तव्य है बन जाता,
यानी सही अतिथि वही है, जो थोड़े दिनों में सम्मानपूर्वक चला जाए,
घर में अतिथि के आने पर विचारों एवं संस्कारों के आदान-प्रदान से,
दोनों के बीच नवीनता आती है, दिल प्रसन्न हो जाता है,
तो अहा! धन्य भारतीयम!!

□

# भारत के ग्रंथ : वेद, पुराण, उपनिषद्

भारत के ऋषि-मुनियों एवं पूर्वजों के पास था ज्ञान का भंडार,
यह ज्ञान उन्हें प्रकृति के बीच रहकर स्वाध्याय और चिंतन से था मिला,
स्वयं को सागर-मंथन जैसे मथकर की थी ज्ञान की प्राप्ति,
प्राचीन काल में ऋषियों ने गहन ध्यान कर दिया वेद का ज्ञान,
वेद का ज्ञान भारतीय समाज को रखता है जीवंत,
वेद चार प्रकार के हैं, जो ऋग्वेद, यजुर्वेद, सामवेद और अथर्ववेद हैं,
वेद हिंदू धर्म के ज्ञान से भरे प्राचीन साहित्य हैं,
उसी प्रकार पुराण अठारह हैं, जो प्राचीन ज्ञान के हैं भंडार,
पुराणों की रचना महर्षि वेदव्यासजी ने परिश्रम से की थी,
सभी पुराणों में शिवपुराण सर्वाधिक महत्त्वपूर्ण पुराण है,
जिसमें वर्णित है भगवान् शिव के कल्याण की महिमा,
उपनिषद् की रचना भी वेदव्यासजी ने ही की थी,
ये भारतीय आध्यात्मिक दर्शन के सबसे प्राचीन ग्रंथ हैं,
उपनिषद् का ज्ञान पाकर हमारे अज्ञान के अँधेरे मिटने लगते हैं,
उपनिषदों में ज्ञान और दर्शन हिंदू धर्म ने है पाया,
भारतीय संस्कृति की उन्नति के क्रम को उपनिषदों ने है निभाया,
जैन धर्म और बौद्ध धर्म के कई दर्शन उपनिषदों से हैं प्रेरित,
जीव और ब्रह्म के संबंध का विज्ञान हैं उपनिषद्,
वेद, पुराण और उपनिषद् हैं हमारे ज्ञान की धरोहर,
अत: ज्ञान और विज्ञान के प्राचीन साहित्य से भारत देश है आप्लावित,
तो अहा! धन्य भारतीयम!!

☐

# भारत की धार्मिक नीति : धर्मनिरपेक्षता

हमारा प्यारा भारत एक धर्मनिरपेक्ष देश है,
यहाँ सभी धर्म के लोग संविधान एवं सरकारी नीतियों में समान हैं,
यहाँ सभी नागरिक धार्मिक स्वतंत्रता का आनंद हैं उठाते,
धर्म के आधार पर सरकार किसी से भेदभाव नहीं करती,
सभी को अपनी धार्मिक मान्यताओं पर पूरी है आजादी,
क्योंकि भारत विशाल देश का अपना कोई धर्म नहीं,
सभी धर्मों एवं जाति के लोगों के साथ समानता का व्यवहार होता यहाँ,
राज्य के संचालन एवं नीति-निर्धारण में धर्म का हस्तक्षेप नहीं,
क्योंकि संवेदनशील भारत बहुलवादी संरचना का एक देश है,
यहाँ विभिन्न प्रकार के संप्रदाय रखते हैं भिन्न-भिन्न मत,
अत: देश यहाँ किसी एक धर्म या संप्रदाय का पक्ष न लेकर,
सभी धार्मिक विचारों के प्रति सहिष्णुता रखता है भारत,
साथ ही सभी अपने धर्म के प्रचार-प्रसार के लिए हैं आजाद,
धर्मनिरपेक्षता से राष्ट्र के सभी लोगों का होता है कल्याण,
सभी धर्मों के विश्वास से होता है विकास यहाँ,
धर्मनिरपेक्षता का अर्थ किसी के धर्म का विरोध करना नहीं है,
बल्कि धर्मनिरपेक्षता वह विश्वास है, जो देश को नैतिकता और शिक्षा में,
सर्व धर्म समभाव में आस्था और विश्वास है रखता,
भारत देश सभी धर्मों के प्रति तटस्थता और निष्पक्षता है बरतता,
सभी धर्मों को राष्ट्र-नीति से अलग रखना बुद्धिमानी है,
तो अहा! धन्य भारतीयम!!

□

# भारत के पड़ोसी देश : छह देश

भारत दक्षिण एशिया का सबसे बड़ा देश होने के कारण,
इसकी छह देशों से मिलती हैं सीमाएँ,
इसमें पाकिस्तान, चीन, नेपाल, भूटान, म्याँमार और बांग्लादेश हैं,
साथ में दो द्वीप देश मालद्वीप और श्रीलंका भी हैं,
भारत अपने पड़ोसी देशों के साथ मैत्रीपूर्ण व्यवहार रखता है,
पर आज का विश्व विचित्र परिस्थितियों से गुजर रहा है,
किस क्षण क्या हो जाएगा, यह कोई नहीं बता सकता,
भारत के कुछ पड़ोसी देश मित्रता की जगह शत्रुता भी हैं बरतते,
तभी तो चीन और पाकिस्तान के साथ भारत का युद्ध हो चुका है,
पर भारत एक अहिंसक व शांतिपूर्ण देश है,
अतः हमारा देश शांति, सुरक्षा और समृद्धि की कामना करता है सभी से,
परंतु पड़ोसी देशों से युद्ध के काले बादल देख गर्जना भी है करता,
हमारा भारत सद्भावना, सहनशीलता और सहायता की भावना भी है रखता,
जब भी भारत के पड़ोसी देशों पर संकट आता है,
तो भारत सबसे पहले सहायता का हाथ बढ़ाता है,
लेकिन वहीं पर बुरी नजर वाले पड़ोसी देशों के साथ,
ईंट का जवाब पत्थर से देकर, घुसकर भी है मारता,
वर्ष 2021-22 में कोरोना महामारी के दौरान भारत ने,
अपने पड़ोसी देशों में स्वनिर्मित टीका भेजकर सहायता की थी,
लेकिन कुटिलता पर मुँहतोड़ जवाब भी देना जानता व हिम्मत है रखता,
तो अहा! धन्य भारतीयम!!

□

# भारत के नागरिकों के मूल कर्तव्य

भारत के नागरिकों का मौलिक कर्तव्य है राष्ट्र की,
देश की अखंडता और संप्रभुता की रक्षा करना,
और देश का आदर एवं गौरवपूर्ण सम्मान करना है हमारा धर्म,
राष्ट्र की विचारधारा और आदर्श मूल्यों की रक्षा करना,
प्रत्येक नागरिकों को एक समान आदर व सम्मान देना,
साथ ही उनके प्राप्त अधिकारों को अपना कर्तव्य समझना,
भारतीय संविधान में नागरिकों के ग्यारह मौलिक कर्तव्य हैं,
जब आवश्यकता पड़े तो देश की रक्षा करना,
साथ ही आवश्यकतानुसार राष्ट्र-सेवा में भाग लेना,
हमारी सामाजिक संस्कृति की गौरवमयी परंपरा को बनाए रखना,
अपने राष्ट्र को उन्नत बनाने वाले कर्तव्य-पथ पर चलना,
संविधान का पालन कर उसके आदर्शों और संस्थाओं का आदर करना,
नागरिकों का यह भी कर्तव्य है कि मानव धर्म की रक्षा करें,
हमें ईमानदार, सहायक और निष्ठावान नागरिक होना चाहिए,
उन लोगों की सहायता करें, जिन्हें सहायता की है आवश्यकता,
पर्यावरण की रक्षा कर उसका संवर्धन एवं संरक्षण करना,
साथ ही संकट के समय देश की पुकार को सुनना,
देश के स्मारकों, धरोहरों तथा संपत्तियों की रक्षा करना,
अपने देश, अपनी संस्कृति एवं सभ्यता पर नाज करना,
और अपने हितों से ऊपर राष्ट्र-हित को सर्वोपरि समझना,
तो अहा! धन्य भारतीयम!!

□

# भारत के नागरिकों के मूल अधिकार

भारत ने अपने नागरिकों को कर्तव्य के साथ कुछ अधिकार भी हैं दिए,
वे मौलिक अधिकार, जो नागरिकों के विकास में सहायक हों,
चाहे वह नागरिक किसी भी धर्म, जाति या फिर अमीर या गरीब हो,
वे अधिकार उन्हें स्वतंत्रता के साथ सम्मानित जीवन देते हैं,
इसमें बेहद खास नागरिकों की स्वतंत्रता का अधिकार है,
और साथ ही नागरिकों को समानता का अधिकार भी है दिया गया,
मौलिक अधिकार कानून-प्रदत्त वे अधिकार हैं, जिसमें प्रत्येक नागरिक समान है,
हमारा देश बहुधार्मिक देश है, फिर भी धर्मनिरपेक्ष है,
अतः भारत के नागरिकों को अपना धर्म धारण करने की स्वतंत्रता है,
आगे सांस्कृतिक और शैक्षिक अधिकार भी हैं, जो नागरिकों को सभ्य बनाते हैं,
नागरिकों को संवैधानिक उपचारों का अधिकार भी है, जिसमें वह संविधान
में वर्णित,
उपायों द्वारा अन्याय के विरुद्ध न्याय पाने का हक रखता है,
शोषण के खिलाफ अधिकार, जिसमें नागरिकों को,
अवैध व्यापार, जिसमें देह-व्यापार और भीख मँगवाना वर्जित है,
इस प्रकार हम कह सकते हैं कि प्रत्येक नागरिक को अपने अधिकारों की,
पूर्ण जानकारी अपेक्षित है, जिसके द्वारा वह सभ्य नागरिक बने,
लेकिन अधिकार के साथ-साथ कर्तव्य का ज्ञान व निर्वहन जरूरी है,
क्योंकि संविधान में कर्तव्य और अधिकार साथ-साथ हैं चलते,
भारत बने ऐसा देश, जहाँ अधिकार के पहले हो कर्तव्य-पालन,
जिससे बने भारत विशाल, अहिंसक, सांस्कृतिक और विकसित,
तो अहा! धन्य भारतीयम!! □

# भारत के प्रवासी भारतीय: समृद्धि के सहभागी

देश के वासी प्रवासी हुए तो क्या हुआ,
आखिर उनका मन तो बसता है भारत के उत्थान में,
शरीर उनका चाहे बसे किसी भी देश में, परदेस में,
पर प्रवासी भारतीयों की आत्मा तो बसती है स्वदेश में,
तभी तो आखिर तेईस वर्षों के अफ्रीका-प्रवास के बाद भी,
क्यों तन-मन-धन से लौटकर आए थे महात्मा गांधी,
क्योंकि उन्हें भारत में भारतीयों के अंदर अंग्रेजों की बेड़ियाँ सुनाई दी थीं,
प्रवासी भारतीयों की संख्या दुनिया में पहले स्थान पर है,
अत: प्रत्येक वर्ष 9 जनवरी को भारत 'प्रवासी दिवस' है मनाता,
यह आयोजन विश्व भर के प्रवासी भारतीयों को है जोड़ता,
उद्देश्य है प्रवासी भारतीय समुदाय की उपलब्धियों को भारत में
मंच प्रदान कर उनका उल्लेख कर सराहना प्रदान करना,
ताकि उनकी स्वदेश भारत के प्रति भावना व सोच विकसित हो,
साथ ही देशवसियों के साथ अभिव्यक्ति हो मुखर,
उनके मन में स्वदेश के प्रति अपनेपन की भावना है विकसित करना,
साथ ही स्वदेश में विकास के लिए आर्थिक निवेश करना,
अत: प्रवासी भारतीय भारत के लिए हैं बहुत अहम,
भारत के विकास में प्रवासी भारतीय समुदाय का योगदान है सराहनीय,
'अमृतकाल' में भारत की प्रगति के लिए भरोसेमंद हैं ये भागीदार,
देश के विकास में प्रवासी भारतवंशियों के योगदान पर हम गौरवान्वित हैं,
तो अहा! धन्य भारतीयम!!

□

# भारत के पर्व और त्योहार : बहुरंगी एवं विविध

भारत एक बहुधार्मिक एवं बहुसांस्कृतिक देश है,
अत: यहाँ सभी धर्म के प्रमुख पर्व हैं मनाए जाते,
हिंदुओं में दीवाली, होली, दशहरा और रक्षाबंधन प्रमुख हैं,
तो वहीं मुसलमानों में ईद, बकरीद और मिलाद-उल-नबी हैं,
सिख धर्म को मानने वाले वैशाखी, प्रकाश पर्व इत्यादि हैं मनाते,
आगे जैन धर्म का प्रमुख पर्व पर्यूषण पर्व, महावीर जयंती है,
बौद्ध धर्म का पर्व है, बुद्ध पूर्णिमा और भगवान् हैं गौतम बुद्ध,
भारत देश एक धर्मनिरपेक्ष देश है, अत: यहाँ राष्ट्रीय धार्मिक पर्व नहीं है,
यहाँ सभी धर्मों के लोग एक-दूसरे के धर्म के त्योहार मिल-जुलकर हैं मनाते,
जैसे होली एक भाईचारा प्रदर्शित करने वाला त्योहार है,
अत: होली के दिन सभी एक-दूसरे से गले मिल खुशी के रंग हैं लगाते,
वहीं ईद के दिन भी सभी एक-दूसरे को 'ईद मुबारक' कहते हैं,
तो वहीं बुद्ध पूर्णिमा और महावीर जयंती प्रत्येक भारतीय का पर्व है,
असल में ये पर्व और त्योहार मन को प्रफुल्लित कर,
प्रत्येक भारतवासी को नई ऊर्जा से भर देते हैं,
ये पर्व, संस्कृति और परंपरा को जीवित रखने का प्रयास भी हैं,
इस तरह भारत में सभी धर्मों के लोग अपने-अपने खास धर्म
को मनाकर एक तरह से मानव-धर्म के साथ करुणा सिखाते हैं,
हम अपने अंदर की पैशाचिक प्रवृत्तियों को मारकर,
धार्मिक और सात्त्विक विचार एवं कर्मों की तरफ उन्मुख होते हैं,
तो अहा! धन्य भारतीयम!!

□

# भारत के विभिन्न धर्म : बहुधार्मिक

भारत विशाल, एक बहुधार्मिक देश है, जहाँ कई धर्मों का होता पालन,
ये धर्म हैं : हिंदू, इसलाम, सिख, ईसाई, बौद्ध, जैन, फारसी और यहूदी,
हिंदू धर्म में देवी-देवताओं की मंदिरों में पूजा होती है,
हिंदू धर्म के लोग अपनी मान्यतानुसार धार्मिक अनुष्ठान हैं करते,
गीता, वेद, पुराण, रामायण व महाभारत हैं इनके प्रमुख धार्मिक ग्रंथ,
इसलाम में अल्लाह है सर्वेसर्वा, जिनको है पुकारा जाता,
इनका धार्मिक ग्रंथ कुरान है और नमाज पढ़ना अल्लाह की इबादत,
मुसलमानों का तीर्थस्थल मसजिद, मक्का व मदीना है,
सिख धर्म है हिंदू धर्म से मिलता-जुलता धर्म,
जिनका गुरुग्रंथ साहिब पवित्र धर्म ग्रंथ है और तीर्थस्थल हैं गुरुद्वारा,
ये सुखमनी साहिब का पाठ करके अपना अनुष्ठान हैं करते,
अब आता है बौद्ध धर्म, जिनके इष्टदेव हैं भगवान् बुद्ध,
ये बुद्ध का दर्शन करने बौद्धस्थल या बुद्ध विहार हैं जाते,
इनका धर्मग्रंथ है त्रिपिटक, जिसमें भगवान् बुद्ध के उपदेश संगृहीत हैं,
फिर आता है जैन धर्म, जिसका उद्गम हिंदू धर्म है,
जैन समुदाय के इष्टदेव महावीर स्वामी और ग्रंथ है आगम,
उसी प्रकार ईसाई धर्म भी भारत का एक धर्म है, जिसमें ईसा मसीह को पुकारा जाता,
इनका पवित्र ग्रंथ बाइबिल है, जिसमें यीशु का ज्ञान है,
ईसाई समुदाय गिरिजाघर जाकर यीशु के सामने करता है प्रार्थना,
इस प्रकार भारत में प्रत्येक नागरिक अपने धर्म का अनुसरण करने में स्वतंत्र है,
तो अहा! धन्य भारतीयम!! □

# भारत एक कृषि-प्रधान देश : मुख्य व्यवसाय

प्राचीन काल से ही भारत में फसलों पर व्यवस्थित जीवन होता था,
देश में कृषि सिंधु घाटी की सभ्यता के दौर से ही की जाती रही है,
कृषि के लिए औजार तथा तकनीकें भी विकसित की गईं,
क्योंकि भारत में कृषि भारतीय अर्थव्यवस्था की रीढ़ है,
साथ ही जलवायु में, मानसून होने के कारण एक ही वर्ष में दो फसलें उगाई जाने लगीं,
फलस्वरूप भारतीय कृषि उत्पाद विश्व बाजार में पहुँचने लगे,
आधुनिक समय में भी कृषि ही आजीविका का है साधन,
भारत की राष्ट्रीय आय में कृषि और उससे संबंधित उद्योग का महत्त्वपूर्ण स्थान है,
अत: भारत के कृषि क्षेत्र में दो–तिहाई आबादी निर्भर है,
कृषि का अर्थ फसलों की खेती के साथ–साथ पशुपालन एवं
मुरगीपालन, डेयरी फार्मिंग, मछलीपालन और वानिकी आदि हैं,
भारत की विशाल जनसंख्या के लिए भोजन जुटाने के कारण देश खाद्यान्न–प्रधान है,
कृषि से उत्पन्न उत्पाद दूसरे देशों में निर्यात हैं किए जाते,
जिससे देश के राजस्व में वृद्धि हो जाती,
साथ ही देश में प्रमुख उद्योगों के लिए कच्चा माल कृषि से ही है मिलता,
1960 के बाद भारत में कृषि के क्षेत्र में हरित क्रांति का दौर आया,
कृषि से केवल भोजन ही नहीं, बल्कि आवास, नौकरियाँ एवं,

कारखानों के लिए कच्चे माल के साथ-साथ व्यापार भी साधा जाता है,
कृषि में खाद्यान्न के अलावा कपास, जूट, चीनी, तंबाकू इत्यादि बहुत सारी हैं चीजें,
इस प्रकार भारत में कृषि व्यवसाय के साथ सभ्य जीवन जीने की है एक कला,
तो अहा! धन्य भारतीयम!!

□

# भारत एक विविधतापूर्ण देश : विविध विभिन्नता

दुनिया में भारत एक अनोखा राष्ट्र है, जहाँ कई विविधताएँ हैं,
यानी कई मायने में भारत दुनिया का एक विविध संस्कृति वाला देश है,
देश में सांस्कृतिक विकास के साथ समृद्ध इतिहास भरा हुआ है,
जलवायु, जीव, संस्कृति, वनस्पति, धर्म व भाषा के मामले में विविधताएँ हैं,
यहाँ के विभिन्न भागों में भौगोलिक अवस्थाओं व संस्कृतियों में है अंतर,
कुछ प्रदेश रेगिस्तान जैसे तप्त और शुष्क हैं, तो कुछ ध्रुव प्रदेश की भाँति ठंडे,
कहीं वर्षा का अतिरेक है, तो कहीं वर्षा का नितांत अभाव,
देश के निवासियों के धर्म एवं विश्वास भी भिन्न-भिन्न हैं,
साथ ही उनका खान-पान और पोशाक भी भिन्न हैं,
इतना ही नहीं, भारत में बोलियाँ और भाषाएँ बिल्कुल हैं भिन्न,
यहाँ तक कि यहाँ का धर्म, दर्शन और चिंतन भी है भिन्न-भिन्न,
भारत में हिंदू, मुसलमान, सिख, ईसाई, पारसी, बौद्ध सभी धर्म के लोग रहते हैं,
पूरे देश में मंदिर, मसजिद, चर्च और गुरुद्वारे भरे हुए हैं,
राम, नानक, तुलसी, बुद्ध, महावीर सभी यहाँ हैं वंदनीय,
भारत की धरती नदियों, पहाड़ों, पठारों और सघन वनों से भरी है,
यहाँ के लोग गीता, रामायण, कुरान, गुरुग्रंथ साहिब एवं पढ़ते हैं बाइबल
भिन्न-भिन्न प्रकार के पशु-पक्षी, पेड़-पौधे और जलीय जीव हैं,

भारत में नाना प्रकार की मूर्तिकला, चित्रकला, नृत्य, संगीत एवं रंग-रूप,
वेश, भाषा चाहे अनेक हैं, परंतु फिर भी यहाँ 'अनेकता में एकता'
की है विशेषता,
परंतु भारत देश के प्रत्येक जन में राष्ट्रीयता, मानवता व संवेदना एक है,
तो अहा! धन्य भारतीयम!!

□

# भारत में शासन व्यवस्था का आधार : लोकतंत्र

भारत देश दुनिया का सबसे बड़ा लोकतांत्रिक देश है,
लोकतंत्र को विश्व की सबसे अच्छी शासन प्रणाली के रूप में है देखा जाता,
आजादी से पहले भारत में राजाओं, सम्राटों, मुगलों तथा अंग्रेजों ने किया था शासन,
लेकिन 1947 में आजादी के बाद भारत बन गया एक लोकतांत्रिक देश,
यहाँ जनता अपने शासक को वोट देकर हर पाँच साल के लिए चुनती है,
लोकतंत्र विश्व की सबसे अच्छी शासन प्रणाली है क्योंकि,
इसमें देश में शासन के लिए शासक को जनता चुनती है, जिसमें नागरिकों की
बुद्धि और जागरूकता द्वारा सरकार की सफलता और विफलता निर्भर करती है,
यहाँ लोकतंत्र पाँच लोकतांत्रिक व्यवस्था पर करती है निर्भर,
जिसमें संप्रभुता, समाजवाद, धर्मनिरपेक्षता, लोकतांत्रिक एवं गणराज्य हैं,
यहाँ लोकतंत्र द्वारा सामाजिक और आर्थिक समानता सुनिश्चित की जाती है,
साथ ही निरक्षरता, गरीबी, सांप्रदायिकता, जातिवाद और
लैंगिक भेदभाव खत्म करने के लिए सरकार प्रयासरत रहती है,
लोकतंत्र में नापसंद किए गए राजनेताओं को वोट द्वारा हटा दिया है जाता,
क्योंकि नागरिकों को वोट द्वारा उसकी पसंदीदा सरकार का चुनाव करने

का है अधिकार,
यहाँ अठारह वर्ष से अधिक आयु के हर नागरिक को वोट देने का अधिकार है,
साथ ही व्यक्ति के धर्म, लिंग या शिक्षा के आधार पर कोई भेदभाव नहीं है होता,
वोट देने के पहले प्रतिनिधियों के किए गए कार्यों का जनता करती है मूल्यांकन,
हालाँकि भारत के लोकतंत्र में कई सुधारों की है आवश्यकता,
लेकिन फिर भी लोकतांत्रिक प्रणाली से हर भारतीय खुश है,
तो अहा! धन्य भारतीयम!!

□

# भारत के अतीत में विदेशी शासक अनेक

भारत देश में इसलामी आक्रमण से कई वर्षों पहले भी,
अन्य आक्रमणकारी आए और यहाँ की भव्यता व सभ्यता देखी,
उन्होंने हमारी जीवन-शैली, परंपराओं और हमारे विचारों में विघ्न डाला,
पहले उन्होंने हमें हराया और फिर हमें मानसिक रूप से दबाया,
बँटे हुए भारतीय समाज ने स्वार्थ में पड़कर आक्रमणकारियों को राह दिखाई,
प्राचीन समय से ही भारत अपने विशाल धन, मसाले, संसाधन के लिए था प्रसिद्ध,
इन्हीं सब कारणों से भारत पर कुषाण, हूण, अफगान, तुर्क, खिलजी, लोधी और मुगलों से लेकर अंग्रेज भी शामिल थे,
पहले भारत पर कई छोटे-बड़े राजाओं ने उत्तर व दक्षिण राज्यों पर शासन किया,
लेकिन एकीकृत देश भारत के रूप में शासन मुगल साम्राज्य से शुरू हुआ,
अंततः भारत में ब्रिटिश शासन की स्थापना हुई,
माना कि भारत में कई आक्रमणकारी आए और शासन किया,
लेकिन मुगलों ने इस सोने की चिड़िया भारत के पर कतर दिए,
जगह-जगह मंदिर तोड़े गए, हिंदुओं का धर्म परिवर्तन किया,
मुगलों ने धर्म के आधार पर हिंदुस्तान को बाँट दिया,
ब्रिटिशों के राज में भारतीय अर्थव्यवस्था को लूटा गया, अत्याचार हुए,

देश को दो हिस्सों में बाँटकर राज किया, नकारात्मक प्रभाव छोड़ा,
भारत की सभ्यता और संस्कृति पर बुरा प्रहार बार-बार हुआ,
इस अहिंसक और शांतिप्रिय देश भारत को लहूलुहान किया गया,
लेकिन अब भारत पर आक्रमण कर शासन करने की हिम्मत किसी में
    भी नहीं है,
तो अहा! धन्य भारतीयम!!

□

# भारत की संस्कृति : अहिंसा और त्याग

सत्य के लिए त्याग का पथ और अहिंसक कर्म का मर्म है उचित धर्म,
सत्य की राह पर चलकर हम होते हैं आत्मविश्वासी,
अहिंसा मनुष्य मात्र का परम धर्म है, जिससे होती मानवता की रक्षा,
अतः सत्य, त्याग और अहिंसा भारतीयों के मानवीय मूल्य हैं,
देश का विश्वास है कि इन तीनों के बिना जीवन निष्कलंक नहीं हो सकता,
सत्य की रक्षा के लिए राजा हरिश्चंद्र ने परिवार का त्याग था किया,
और मानवता की रक्षा हेतु महर्षि दधीचि ने अपनी अस्थियों का किया त्याग,
अतः त्याग है वह दैवी संपदा एवं है शांति का द्योतक,
निष्काम कर्म का मर्म धरा है त्याग और अहिंसा में,
यदि राज वैभव का त्याग न किया होता सिद्धार्थ ने,
तो वे कभी बुद्ध नहीं बन पाते और अहिंसक शांति का संदेश न दे पाते,
राष्ट्र मंगल के खातिर सत्य, अहिंसा और त्याग के रास्ते पर न चलते गांधीजी,
तो वे भारत के राष्ट्रपिता महात्मा गांधी न कहलाते,
सत्य, अहिंसा और त्याग तब और श्रेष्ठ है कहलाता,
जब मनुष्य लोकहित के कारण करता है इनका वरण,
सच कहा जाए तो सत्य, अहिंसा और त्याग है जीवन का मांगलिक पथ,
इसी पथ पर चलकर जीवन बनता अनुकरणीय,
विश्व में सत्य प्रताड़ित हो सकता है, पर पराजित नहीं,
पर हाँ, कभी-कभी झूठ के शोर में सच की आवाज दब जाती है,
समाज, देश, दुनिया भारत की संस्कृति पर करते हैं सदा नाज,
तो अहा! धन्य भारतीयम!!

□

# भारत की न्याय व्यवस्था : अंग्रेजों की प्रणाली पर आधारित

भारत की न्याय प्रणाली अंग्रेजों के शासन के दौरान बनी थी,
देश की आजादी के बाद भारत का सर्वोच्च न्यायालय अस्तित्व में आया,
सर्वोच्च न्यायालय द्वारा घोषित कानून सभी न्यायालयों के लिए बाध्यकारी हैं,
नागरिकों को वे सभी अधिकार तथा सुविधाएँ प्राप्त हों, जिनसे जीवन गौरवपूर्ण हो,
भारत की न्याय व्यवस्था आम कानून पर आधारित प्रणाली है,
जो धर्म पर आधारित होने के साथ न्यायाधीशों के निर्णयों पर भी निर्भर होती है,
भारत में न्यायिक व्यवस्था की वारेन हेस्टिंग्स ने शुरुआत की थी,
वैसे मुख्य न्याय दो प्रकार के होते हैं—लौकिक न्याय और शास्त्रीय न्याय,
भारत में एकल एकीकृत न्यायिक प्रणाली है,
वैसे भारत की न्याय व्यवस्था में छह प्रकार के न्यायालय हैं,
वे हैं : उच्चतम न्यायालय, उच्च न्यायालय, जिला और अधीनस्थ एवं ट्रिब्यूनल, फास्ट ट्रैक कोर्ट और हैं लोक अदालत,
उनमें न्याय व्यवस्था नैतिकता, कानून, धर्म और निष्पक्षता पर है आधारित,
वैसे न्यायशास्त्र के प्रवर्तक गौतम ऋषि थे, जिनका 'न्यायसूत्र' विश्व-प्रसिद्ध है,
इस प्रकार न्याय से तात्पर्य उस सामाजिक व्यवस्था से है, जिसमें सभी खुशहाल हैं होते,

न्याय मुख्य रूप से निष्पक्षता के गुणों को संदर्भित है करता,
अदालत के पास निर्णय लेने और कानूनों को लागू की करने की शक्ति है,
विवादों को सुलझाने के साथ-साथ अपराधियों को सजा देना, यह काम
न्यायाधीश हैं करते,
इस प्रकार भारत की न्याय व्यवस्था सक्षम अदालत के पास है,
तो अहा! धन्य भारतीयम!!

□

# भारत में आरक्षण की राजनीति : समतामूलक समाज

भारत में समतामूलक समाज की स्थापना के लिए संविधान में,
पिछड़े नागरिकों के लिए आरक्षण की नीति का प्रावधान है रखा गया,
भारत में सामाजिक, शैक्षिक और आर्थिक रूप से पिछड़े नागरिकों
के लिए शिक्षा और रोजगार में सरकार द्वारा आरक्षण की है नीति,
हमारा देश हर नागरिक के साथ सामाजिक न्याय है करता,
ताकि देश के प्रत्येक व्यक्ति को अपनी शक्तियों के विकास का,
समुचित अवसर उपलब्ध हो सके, ताकि देश में शांति व चैन बना रहे,
आरक्षण द्वारा समाज के सुविधाहीन वर्गों को सशक्त बनाया जाता है,
वैसे तो आरक्षण की यह राजनीति की समयावधि दस वर्ष की है,
परंतु प्रत्येक दस वर्ष बाद ससंद् इसका आकलन कर कुछ वर्षों के लिए
संशोधित है करती,
साथ ही यह भी प्रावधान है कि भारत की सरकारी सेवाओं में,
आरक्षण की सीमा 50 प्रतिशत से अधिक न होने पाए,
संविधान के अनुसार, दुर्बल एवं पिछड़े वर्गों की उन्नति के लिए,
आरक्षण के साथ विशेष व्यवस्थाओं की संस्तुति करता है संविधान,
पिछड़े वर्गों की दशाओं और कठिनाइयों का अन्वेषण करके,
आरक्षण द्वारा उन्हें दूर करने और दशा सुधारने के लिए भी,
सरकार द्वारा एक आयोग गठित किया जाता, जो निष्पक्ष है होता,

आरक्षण का लाभ बहुसंख्यक और अल्पसंख्यक दोनों के पिछड़े वर्गों को है मिलता,

भारत में मानवीय मूल्यों पर होती है आरक्षण की राजनीति,

तो अहा! धन्य भारतीयम!!

□

# भारत का विश्वप्रसिद्ध स्मारक : ताजमहल

भारत का विश्वप्रसिद्ध स्मारक है ताजमहल, जो अद्वितीय है,
प्रेम की गौरव-गाथा से भरपूर है यह सुंदरतम मकबरा,
सफेद संगमरमर से बना गुंबद और मीनारों वाली यह आकृति,
देश की ऐसी सुंदर कृति, पूनम की रात में देखते ही बनती है,
भारत के मुगल शासक शाहजहाँ ने अपनी बेगम मुमताज महल
की याद में बनवाया था, ऐसा हँसीं ताजमहल,
तभी तो विश्व भर के लोग इसका दीदार करने खिंचे चले हैं आते,
भारत की भूमि पर ताजमहल मुगल वास्तुकला का है उत्कृष्ट नमूना,
यह देश के उत्तर प्रदेश के आगरा शहर में यमुना के किनारे बसा है,
भारत का ताजमहल अपने सौंदर्य और आकर्षण की वजह से,
दुनिया के सात सौंदर्य अजूबों में है शुमार,
यह मुहब्बत की विश्वप्रसिद्ध सबसे अमर व अमिट निशानी है,
साथ ही यह आकृति भारत देश में पर्यटन को देती है बढ़ावा,
जिससे हमारे देश का बढ़ता है राजस्व के साथ सम्मान,
ताजमहल विश्व धरोहर के रूप में भी यूनेस्को में है अंकित,
कोई कहीं भी रहता हो, एक बार ताजमहल दीदार करना है चाहता,
ताजमहल का अवलोकन कर, जानकर हम हो जाते संतुष्ट मन,
भारत सरकार इसके रख-रखाव पर देती है बहुत ध्यान,
भारत का ताजमहल अति उत्तम मानवी कृतियों में से एक है,
ताजमहल को अकसर महलों का ताज भी है कहा जाता,
तो अहा! धन्य भारतीयम!! □

# भारत की राष्ट्रीय नदी : गंगा

गंगा भारत की राष्ट्रीय पवित्र नदी ही नहीं, बल्कि एक संस्कृति है,
यह भारतीय संस्कृति की पहचान और लोगों का है ईमान,
भारत के समस्त धर्म, जाति, संप्रदाय के लोग,
इस देश की धरती पर बहती इस जीवनधारा के साथ,
एक गहरा भावनात्मक रिश्ता महसूस हैं करते,
विश्व की बड़ी और प्रमुख नदियों में है गिनी जाती हमारी गंगा,
यह भारतीय उपमहाद्वीप में उत्तर भारत के मैदानों को पार कर,
पूर्व की ओर बहती हुई बंगाल की खाड़ी में है गिरती,
जरा सोचिए! गंगा की यह यात्रा 2510 किलोमीटर की है,
साथ ही इसकी अधिकतम गहराई 31 मीटर पाई गई,
गंगा और इसकी सहायक नदियाँ मिलकर इसे बनाती हैं भव्य नदी,
दस लाख वर्ग किलोमीटर के उपजाऊ मैदानों की रचना है करती,
गंगा नदी का उद्गम-स्थल हिमालय पर्वत की श्रेणियाँ हैं,
जो सालों भर बर्फ पिघलाकर गंगा को देतीं कलकल जल,
भारत के हिंदू लोगों के लिए गंगा का है बड़ा धार्मिक महत्त्व,
हिंदुओं के अनेक पवित्र तीर्थ गंगा के तटों पर हैं स्थित,
हिंदू गंगा जल को पवित्र जल हैं कहते, शिरोधार्य करते,
आत्मा को मोक्ष भी है देता, जब दाह-कर्म की राख प्रवाहित होती गंगा में,
भारत के लोक-जीवन में गंगा को माता का है स्थान प्राप्त,
ऐसी पतित पावनी नदी गंगा उत्तर भारत में बहती है,
तो अहा! धन्य भारतीयम!!

☐

# भारत का राष्ट्रीय वृक्ष : बरगद

बरगद का बहुवर्षीय विशाल वृक्ष है भारत का राष्ट्रीय वृक्ष,
मान्यतानुसार बरगद के पेड़ में ब्रह्माजी, श्रीहरि और शिव करते हैं निवास,
हिंदू धर्म में बरगद यानी वटवृक्ष को देववृक्ष भी है माना जाता,
इसी वृक्ष के नीचे तपस्या कर सिद्धार्थ बने थे गौतम बुद्ध,
इसकी शाखाएँ भूमि से जुड़कर जड़ें जमा लेती हैं,
जिससे एक विस्तृत भूभाग में पेड़ों का एक विशाल झुंड है नजर आता,
तभी तो इसे 'हजार हाथियों का पेड़' भी कहा जाता,
बंगाल में है एक ऐसा ही बरगद जो लगभग दो सौ पचास साल पुराना है,
इस पेड़ का मूल तना अब खोजना है मुश्किल,
क्योंकि सभी तने हैं एक से बढ़कर एक मोटे-चौड़े,
अपनी बेहद लंबी उम्र और देववृक्ष के कारण, इसे अक्षय वट भी कहा जाता,
एक बरगद का पेड़ फैलकर पूरे बगीचे का आकार है लेता,
तभी तो अन्य वृक्षों की अपेक्षा, यह वातावरण को अधिक प्राणवायु है देता,
भारत के गाँव के लोग इस वृक्ष के नीचे चबूतरा बना,
उस पर बैठकर गपशप और हिसाब-किताब हैं करते,
साथ ही परिवार की स्त्रियाँ इस विशालकाय वृक्ष की करती हैं पूजा
कहते हैं, तुम-सा नहीं कोई सुखद वृक्ष है भारत में दूजा,
प्रकृति, अध्यात्म, सामाजिक आदि कई क्षेत्रों में है बरगद की सानी,
तुम यूँ ही शान बढ़ाते रहना, युग-युग तक भारत में रहना,
ऐ वटवृक्ष! भारतवासी करते तुम्हारी मन से आराधना,
तो अहा! धन्य भारतीयम!! □

# भारत का राष्ट्रीय पुष्प : कमल

पानी में खिलता सुंदर पुष्प कमल है भारत का राष्ट्रीय पुष्प,
कमल का फूल धार्मिक रूप से बहुत ही शुद्ध है माना जाता,
साथ ही यह अत्यंत पवित्र और सुकोमल पुष्प है होता,
भारत की प्राचीन कथाओं में इस पुष्प का महत्त्वपूर्ण है स्थान,
इसे हम भारतवासी भारतीय संस्कृति का प्रतीक हैं मानते,
कमल के फूल का है कमाल कि फूल खिलता तो कीचड़ में है,
लेकिन उसमें लिप्त नहीं होता, पूरी तरह कीचड़ से अप्रभावित रहता,
भारत के बाहर भी कमल को सुख–समृद्धि एवं ज्ञान का दिया जाता संज्ञान,
धार्मिक दृष्टि से बौद्ध एवं हिंदू मानते कमल को पवित्र पुष्प,
सच ही तो है कमल ज्ञानोदय की देता अभिव्यक्ति है,
कमल दलदली कीचड़ भरे पानी में है खिलता, फूलता,
यह दरशाता है कि आसपास चाहे कितनी भी गंदगी और बुराई क्यों न हो,
उसमें भी हमें अच्छाई तलाश करने की कला आनी चाहिए,
कमल हमें यह भी सिखाता है कि अपने मानवीय विकारों को त्याग,
जीवन को कमल समान चमकाओ, पल–पल जीवन को खुशहाल बनाओ,
कमल समान दृढ़ता से जमे रहो जीवन भर,
दूसरों के लिए उपयोगी बनो, योगी बनो,
पानी में कमल समान अपने वितान पर बिछे रहो,
इस पुष्प की भव्यता पर भारतीय डाक विभाग ने डाक टिकट था जारी किया,
ऐसे गुणकारी पुष्प कमल ने कितने ही संदेश दिए हमें,
तो अहा! धन्य भारतीयम!!

□

# भारत का राष्ट्रीय पक्षी : मोर

भारत का राष्ट्रीय पक्षी मोर शिष्टता और सुंदरता का है प्रतीक,
यह पक्षी भारतीय संस्कृति और परंपरा का भी है हिस्सा,
यह पूरे देश में है पाया जाता, तभी तो हर भारतीय इसे हैं पहचानते,
चमकीले मोर के सिर पर सुंदर पंखाकार होती है कलँगी,
गरदन इसकी होती लंबी और पतली,
यह एक बड़े आकार का नयनाभिराम पक्षी है रंग-बिरंगा,
नर मोर होता अधिक सुंदर, क्योंकि वक्ष होता चमकीला नीला,
इसके लंबे हरित पुष्छ-गुच्छ में होते सुंदर दो सौ पंख,
वर्षा ऋतु में मोर जब पंख फैलाकर नृत्य करता है
तब इसका नृत्य अविस्मरणीय नयनाभिराम अनुभव होता,
मोर एक शांतिप्रिय बड़ा पक्षी है, जिसे आसानी से पालतू बनाया जाता,
तंग स्थानों में मोर का मन कभी न लगता, भटकता रहता,
इसे पालने के लिए बड़े बगीचे की जरूरत है पड़ती,
इनके पंखों का फैलाव पाँच फीट तक और सिर पर होती शिखा,
मोर मांसाहारी है, जो बीज, कीड़े, फल, छोटे जीव और साँप खाता,
इसकी सुंदरता व सौम्यता को समझकर ही,
भारतीय डाक विभाग ने इस राष्ट्रीय पक्षी के सम्मान में,
सुंदर डाक टिकट जारी किया, जिसे बहुत सराहा गया था,
हम कहीं भी इसे देखें, तब इसकी सुंदरता देखें, छेड़ें नहीं,
ऐसा आदर्श सुंदर, मोहक पक्षी है भारत का रंगीला मोर,
तो अहा! धन्य भारतीयम!!

□

# भारत का राष्ट्रीय फल : आम

आम एक रसीला फल, जो है भारत का राष्ट्रीय फल,
इसकी मिठास इतनी स्वादिष्ट होती कि यह है फलों का राजा भी,
आम का फल होता छिलकेदार और साथ ही गुठलीदार,
भारत में आम की सौ से भी अधिक किस्में हैं मशहूर,
रसदार पका हुआ आम खाकर, आ जाता नशा जाम का,
साथ ही कच्ची हरी अवस्था में बतौर अचार खूब है भाता,
इसके गूदे में विटामिन का है समृद्ध स्त्रोत,
इसलिए यह बढ़ती उम्र की निशानियों को दिखने नहीं देता,
यह त्वचा को चमकदार बनाता और प्रतिरोधक क्षमता बढ़ाता,
आम भारत में प्राचीन काल से ही उपलब्ध रहा है,
तभी तो महाकवि कालिदास ने भी आम की तारीफ की,
साथ ही विश्व भर की कुल खपत का 44 प्रतिशत है भारतीय आय,
आम का वृक्ष होता विशाल और साथ ही छतनार,
वृक्षों की लंबाई दस से तीस मीटर की गहनार,
आम का वृक्ष भारतीय आदमी से पीछे है कहाँ,
मानव की तरह ये भारतीय आम जीते सौ साल जहाँ,
रसीला मीठा आम होता मानव का उत्तम आहार, और
आम के पेड़ की पत्तियाँ, लकड़ी भी होती उपयोगी यहाँ,
ऐसे सदाबहार फल के राजा भारत के आम हमें हैं स्वीकार,
तो अहा! धन्य भारतीयम!!

☐

# भारत का स्वागत पेय : चाय

चाय! चाय! भारत की लोकप्रिय पेय है चाय,
चाय भारत ही नहीं, बल्कि संसार में एक लोकप्रिय पेय है,
यह चाय के पौधों की पत्तियों को उबालकर की जाती है तैयार,
स्फूर्ति के साथ-साथ यारी, शुमारी के लिए है चाय,
चाय करती मेहमानों, रिश्तेदारों व मित्रों का घर में स्वागत,
स्वागत एक ऐसी भावना है, जो दो दिलों को है जोड़ती,
गर शौक से स्वागत में मिल जाए चाय,
तो फिर जीवन में मदिरा का क्या काम,
साथ ही चाय लोगों के बीच संवाद का बनाता एक मौका,
वही संवाद, जो विवादों और कड़वाहट को खत्म कर,
जीवन में सौहार्द की स्थिति को करता कायम,
भारत में चाय पर चर्चा है होती और होती मेहमानवाजी,
हमारे देश की आसाम की चाय दुनिया भर में है प्रसिद्ध,
यह चाय बागान पहाड़ी की ढलानों पर है उगाई जाती,
इसकी कोमल पत्तियों को सुखाकर है कूटा जाता,
फिर चाय की पत्ती अपनी सुगंध के साथ हो जाती तैयार,
सुबह बिस्तर से उठते ही सबसे पहले तलब होती चाय की,
सर्दियों में चाय का आनंद बताए न बने, यानी कुछ और है,
गर पीने को मिल जाए चाय, तो समझो जीवन तनावमुक्त हो जाए,
भारत का ऐसा प्रिय पेय गरम चाय, जो मन को कर दे शीतल,
तो अहा! धन्य भारतीयम!!

□

# भारत की राष्ट्रीय मुद्रा : रुपया

भारतीय रुपया भारत गणराज्य की आधिकारिक मुद्रा है,
जो वस्तुओं और सेवाओं की खरीद के लिए विनिमय माध्यम है,
रुपए पर भारत का राजकीय प्रतीक 'अशोक चिह्न' है अंकित,
मौजूदा समय में 1, 2, 5, 10, 20, 50, 100, 200, 500 के नोट हैं चलन में,
भारतीय नोट पर कुल 15 भाषाएँ हैं लिखी होतीं,
भारतीय मुद्रा का जनक शेरशाह सूरी को है माना जाता,
भारत में एक दिन में 4 करोड़ नोट हैं छापे जाते,
भारत के पास दुनिया का चौथा सबसे बड़ा विदेशी मुद्रा भंडार है,
भारतीय करेंसी के सभी नोटों पर गांधीजी की तसवीर है छपी होती,
भारतीय मुद्रा को छापने का अधिकार 'रिजर्व बैंक ऑफ इंडिया' के पास है,
रुपया छापने के लिए कपास और लिनेन से बना मुद्रा कागज है होता,
और कागज पर विशिष्ट तरह की स्याही इस्तेमाल की जाती है,
भारतीय नोट पर आर.बी.आई. के गर्वनर के होते हैं हस्ताक्षर,
दुनिया में भारत की करेंसी भारतीय रुपया, 40वें नंबर पर आता है,
विश्व में रुपए की कमजोरी की वजह है, बढ़ता व्यापार घाटा व निवेशकों द्वारा विश्वास की कमी,
रुपए पर हमारी धरोहर साँची स्तूप या लाल किला का चित्र होता है अंकित,
भारत में नासिक, मैसूर व सालबोनी में भारतीय नोट हैं छापे जाते,
भारतीय रुपए का प्रतीक चिह्न देवनागरी लिपि का राष्ट्रीय चिह्न है,

जिसके शीर्ष पर दो क्षैतिज रेखाएँ खींची जाती हैं,
आजकल रुपए पर गांधी चश्मे के चित्र में लिखा होता है, 'स्वच्छ भारत'
यह अनुमान है कि 2047 से पहले रुपया ग्लोबल करेंसी बन जाएगा,
तो अहा! धन्य भारतीयम!!

□

# भारत का राष्ट्रीय पशु : बाघ

बाघ एक जंगली जानवर, जो है भारत का राष्ट्रीय पशु,
यह बिल्ली के परिवार का जानवर, बड़े दाँत और लंबी पूँछ है रखता,
यह जानवर फुरती, मजबूती और ताकत से होता भरपूर,
इसके गाढ़े पीले फरदार शरीर पर गहरी काली होती धारियाँ,
बाघ की भव्यता और सुंदरता देखते ही है बनती,
यह मूल रूप से उत्तरी अंटार्कटिका का होता है निवासी,
पर भारत की जलवायु और जंगल ने दिया बाघ को आवास,
और बाघ भी यहाँ पूरी तरह अनुकूलित हो करता है निवास,
इसकी लंबाई 8 से 9 फीट की होती है जानदार,
साथ ही बाघ का वजन 160 से लेकर 230 किलोग्राम तक है होता,
नर बाघ की तुलना में छोटी होती मादा बाघिन,
कुत्ते की तरह बाघ के कान भी होते बड़े संवेदनशील,
आँखें भी इसकी होती बेहद तीक्ष्ण और प्रश्नपूरक,
तभी तो यह रात में भी दूर तलक लेता देख,
सच कहा जाए तो इसके अंग-अंग से टपकता है मधुरंग,
बाघ के गौरव में भारत ने अनेक बार जारी किए डाक टिकट,
भारत में बाघ को संरक्षित करने को चलाई गई बाघ परियोजना,
बाघ जंगल के ईकोसिस्टम में भी लाता है संतुलन,
आज बाघ भारत देश के वनों की है शान-शौकत,
अतः हमारा देश भारत गर्वित होता है पाकर शानदार बाघ,
तो अहा! धन्य भारतीयम!!

□

# भारत का लोकप्रिय खेल : हॉकी

हॉकी भारत देश में सबसे पुराने खेलों में से एक है,
साथ ही हॉकी इस देश का है लोकप्रिय और मनभावन खेल,
क्योंकि यह खेल भारत की संस्कृति में अंतर्निहित है,
प्रतिवर्ष 29 अगस्त को भारत में 'राष्ट्रीय खेल दिवस' है मनाया जाता,
यह दिवस भारत के हॉकी टीम के स्टार रहे मेजर ध्यानचंद का जयंती दिवस है,
इन्हें देश में 'हॉकी का जादूगर' है कहा जाता,
अब खेल सिर्फ मनोरंजन का साधन न होकर रोजगार है बन गया,
खेल लोगों को शारीरिक रूप से सक्रिय बनाता है,
हमारे देश में हॉकी एक ऐसा खेल है, जिसमें ओलंपिक में उत्कृष्ट प्रदर्शन किया,
भारत ने ओलंपिक खेलों में लगातार छह स्वर्ण पदक जीते,
हॉकी को देश में भारी सफलता मिली और सराहा गया,
आज इस खेल को युवक एवं युवतियाँ बड़े चाव से हैं खेलते,
यह मनोरंजन के साथ-साथ कसरत और रोजगारपरक भी है,
हॉकी खेल को 'फिट इंडिया मूवमेंट' और 'खेलो इंडिया मूवमेंट'
से भी जोड़कर देखा जाता है और शौक से है खेला जाता,
यहाँ तक कि इस खेल में उत्कृष्टता प्रदर्शन करने वाले खिलाड़ियों
को उनके उत्साहवर्द्धन के लिए पुरस्कार से है नवाजा जाता,
इस तरह हॉकी सिर्फ एक खेल मात्र नहीं है, बल्कि,
स्वास्थ्य, मनोरंजन, रोजगार एवं सुखी जीवन का भी आधार है,
हॉकी खिलाड़ी के साथ-साथ परिवार और देश का है मानक,
तो अहा! धन्य भारतीयम!!

□

# भारत के लोकनृत्य : विविध भाव-भंगिमा

विशाल भारत लोकनृत्यों का देश भी माना जाता है,
इस देश में जितने भी प्रदेश और केंद्रशासित राज्य हैं,
उन सभी की अपनी-अपनी संस्कृति को बटोरे लोकनृत्य हैं,
भारत का राष्ट्रीय लोकनृत्य भरतनाट्यम् है,
भारतीय मान्यता के अनुसार, शिव यानी नटराज नृत्य के देवता हैं,
नृत्य का प्राचीनतम ग्रंथ भरतमुनि का 'नाट्यशास्त्र' है,
नृत्य संगीत के साथ की जाने वाली है भाव-भंगिमा है,
जो दर्शकों के दिल तक उतरकर अपनी छाप छोड़ता है,
नृत्यकला तीज, त्योहारों, संस्कारों व धार्मिक अनुष्ठानों में,
चेतना, उत्साह, उमंग व प्रसन्नता उत्पन्न करता है,
लोकनृत्य अपनी संस्कृति को प्रदर्शित करती एक मनोरंजक शारीरिक विधा है,
साथ ही नृत्य बेहतर स्वास्थ्य, संतुलन, मनोरंजक मनोदशा को है दरशाता,
लोकनृत्य प्रत्येक राज्य में स्थानीय रीति-रिवाजों से होता है प्रभावित,
लोकनृत्य समाज में खुशी, जीवन में विषमताओं आदि को है दरशाता,
भारत में प्रमुख लोकनृत्यों में झूमर, तमाशा, यक्षगान, भांगड़ा, घूमर,
कथकली, कठपुतली, गरबा, नौटंकी, मंजीरा आदि हैं,
लोकनृत्य जीवन की नीरसता को मिटाकर, सरस और अर्थपूर्ण बनाता है,
साथ ही लोकनृत्य में उस स्थान की संस्कृति की होती है झलक,
लोकनृत्य समय-समय पर अनुष्ठानों में रंग और उत्साह भर देता है,
भारत एक ऐसा विशिष्ट देश है, जिसके हर प्रदेश का एक अलग लोकनृत्य है,
तो अहा! धन्य भारतीयम!!

□

# भारत की लोककथाएँ : अनुभवों का आदान-प्रदान

भारत की लोककथाएँ हमारी संस्कृति की साझी अभिव्यक्ति हैं,
जो कथाओं, कहावतों आदि के रूप में कही जाती हैं समाज में,
इसमें लोकगीत, लोक-उत्सव इत्यादि भी समाहित हैं होते,
लोककथाएँ शिक्षाप्रद के साथ-साथ मनोरंजन भी हैं करती,
कथा किन्हीं सत्य घटनाओं के आधार पर धार्मिक महत्त्व हैं दरशाती,
लोककथाएँ हमें मानव की परंपरागत वसीयत के रूप में हैं मिलती,
ये कथाएँ सांस्कृतिक मूल्यों को सुदृढ़ करने के लिए प्रायोजित की जातीं,
लोककथाओं में पशु कथाएँ, धार्मिक किस्से या आश्चर्य की होती हैं दास्ताँ,
अतः ये लोककथाएँ हमें आत्म-सम्मान और साहस के साथ-साथ,
पारस्परिक सद्भावना के साथ जीवन जीने की कला हैं सिखाती,
इन कथाओं का मूल उद्देश्य जीवन में अनुभवों का आदान-प्रदान है,
यानी कि यूँ कहें कि एक तरह से कथा द्वारा शिक्षा है दी जाती,
लोककथाओं में नायक और नायिका में विशेष क्षमताएँ और शक्तियाँ हैं होती,
जैसे छत्तीसगढ़ की पंडवानी लोककथा का नायक साहसी और परोपकारी है होता,
तो वहीं नायिका निष्पक्ष, दयालु और देखभाल करने वाली होती है,
लोककथाओं में लोकजीवन की अवस्था साम्य और प्रकृति है होती समाहित,

इनमें ऐतिहासिक, सामाजिक, रहस्यपूर्ण रोमांच की कथाएँ हैं होती,
ये कथाएँ मानव की परंपरागत वसीयत के रूप में हैं प्राप्त,
भारत की लोककथाएँ परोपकारी कल्पना को देती हैं जन्म,
अतः ये कथाएँ भारत की उपयोगी सोच की सांस्कृतिक विरासत हैं,
तो अहा! धन्य भारतीयम!!

□

# भारत का पर्वतराज : हिमालय

भारत का पर्वतराज हिमालय, देश के पर्वतों का है राजा,
इस पर्वतमाला की चोटियाँ हिम से ढकी रहने के कारण ही नाम पड़ा हिमालय,
यह भारतीय उपमहाद्वीप को मध्य एशिया से अलग करता है,
और भारत के मानचित्र में मुकुट की तरह है सुशोभित,
यह पर्वत अरब सागर और बंगाल की खाड़ी से आने वाली,
ग्रीष्म मानसून पवनों को रोककर देश पर करता है उपकार,
यही रुकी हुई मानसून पवनें देश में भारी मानसून की वर्षा हैं करती,
साथ ही हिमालय भारत की मध्य एशिया की ठंडी हवाओं से रक्षा है करता,
हिमालय पर्वतराज की कुल लंबाई 2400 किलोमीटर है,
इस पर्वत शृंखला में कंचनजंगा सबसे ऊँची चोटी है,
भारत में हिमालय लद्दाख, जम्मू और कश्मीर, हिमाचल प्रदेश, उत्तराखंड,
सिक्किम, पश्चिम बंगाल और अरुणाचल प्रदेश तक है फैला,
मान्यता है कि हिमालय पर्वत पर कस्तूरी मृग और येती का निवास है,
1953 में पहली बार हिमालय पर एडमंड हिलेरी और तेनसिंग नोर्गे चढ़े थे,
हिमालय की सबसे ऊँची चोटी माउंट एवरेस्ट है,
भारत में सिंधु, गंगा, ब्रह्मपुत्र, नर्मदा, कावेरी और महानदी का जलस्रोत हिमालय है,
यानी कि भारत की लगभग सभी महान् नदियों का उद्गम है हिमालय,
जलवायु परिवर्तन के कारण हिमालय भी अब खतरे में है,
भारत के लिए हिमालय वर्षा तथा जल का अद्भुत भंडार है,
और साथ ही भीषण ठंडी हवाओं से भारत की रक्षा है करता,
तो अहा! धन्य भारतीयम!!

□

# भारत की कहावत : कर भला तो हो भला!

हमारे देश भारत में एक कहावत है—कर भला तो हो भला,
यदि हम चाहते हैं कि संकट में हमारी कोई सहायता करे,
तो हमें भी लोगों के कष्ट में उनकी सहायता करनी चाहिए,
संसार में हम मानवीय विकार लोभ में न फँसे तो अच्छा,
लोभ न करते हुए परोपकार की भावना धारण करें,
जो बिना किसी अपेक्षा के दूसरों का भला करता है,
उसका किसी न किसी रूप में स्वयं ही भला होता रहता है,
किसी को सहयोग करना भी भला करने का है एक रूप,
भला करना एक ऐसी क्रिया है, जो जीवन में संचित होती है,
वरना दिखावे का तो छप्पन भोग भी फिजूल होता है,
किसी का निश्छल मन से किया गया भला, एक दुआ है होता,
कर्मों का गणित बड़ा सीधा सा है, कर भला तो हो भला,
पर यह भी जरूरी है कि भला भी सोच-समझकर करें,
भला करने में दोनों पक्षों का अपने आप हो जाता भला,
इससे मन में शांति और संतुष्टता का भी भाव है आता,
हम जीवन में जो कर्म करते हैं, वह कभी न कभी लौटकर है आता,
किसी का भला कर हम भर जाते हैं आत्मविश्वास से और हो जाते निहाल,
तो फिर क्यों न हम 'कर भला तो हो भला' को व्यवहार में लाएँ
तो अहा! धन्य भारतीयम!!

□

# भारत का सिद्धांत : जियो और जीने दो

भारत के जनमानस में लोकप्रिय सिद्धांत है—'जियो और जीने दो',
यह नारा जैन धर्म के तीर्थंकर महावीर स्वामी का मूल है,
तभी से हम भारतीयों की सोच हो गई कि जियो और जीने दो,
कितना समतामूलक नारा है हम भारतीयों का,
कल्याण भावना रखने से दृष्टि और वृत्ति दोनों हैं बदल जाती,
चरैवेति है हमारा मंत्र, हम तो आगे बढ़ते ही जाएँगे,
जीवन और उपलब्धियों को निरंतर पाते जाएँगे,
रुक जाना तो हार जाना है, जो हमारी संस्कृति नहीं,
हम दशा बदल सकते हैं, पर लक्ष्य नहीं बदलते,
हर दशा व दिशा में अद्वैत ही हमारा लक्ष्य है, जो अनंत है,
आकाश धरती और सागर के रूप में भी अनंत है हमारा,
विद्या ग्रहण के साथ-साथ अविद्या त्यागते जाएँगे,
भगवान् महावीर ने मानवीय मूल्यों और जीवन की रक्षा हेतु
'जियो और जीने दो' का नारा भारतीयों को दिया था,
सभी मनुष्य को जीवन जीने और लक्ष्य प्राप्त करने का है अधिकार,
यह नारा मानवीय सिद्धांतों को जनमानस में परिलक्षित करता है,
साथ ही यह वाक्य अहिंसा का संदेशवाहक भी है,
यह प्रत्येक जीव के जीने के अधिकार का करता है समर्थन,
सभी लोगों में प्रेमपूर्वक अपना जीवन जीने का संदेश है देता,
हमें सिखाता धरती के सभी प्राणियों के साथ मिल-जुलकर रहना,
तो अहा! धन्य भारतीयम!!

□

# भारत की भाषाएँ : भाषा की बहुलता

हमारा प्यारा भारत एक बहुभाषी देश तो है परंतु,
मुख्य रूप से देशभर में हिंदी और इंग्लिश है बोली जाती,
लेकिन भारतीय संविधान में 24 भाषाओं को है मान्यता प्राप्त,
कुछ भी हो, भारत में हिंदी लोकप्रिय है और सबसे ज्यादा बोली जाती,
हिंदी भाषा का इतिहास लगभग 1000 वर्ष पुराना माना गया है,
भारतीय भाषाओं में मुख्यत: पंजाबी, असमिया, बंगाली, हिंदी, गुजराती, कन्नड़, कश्मीरी, कोंकणी, मलयालम, मणिपुरी, मराठी, उड़िया, तमिल, तेलुगु और उर्दू हैं,
देश के स्कूलों में 'त्रिभाषा फॉर्मूला' लागू है, जिसमें
एक क्षेत्रीय भाषा, दूसरी हिंदी और तीसरी इंग्लिश है,
हर प्रदेश व क्षेत्र की अपनी-अपनी मातृभाषा है,
कहा भी गया है कि भारत में कोस-कोस पर बदले वाणी,
हर वाणी की अपनी खासियत और अहमियत है होती,
स्कूलों में प्राइमरी की पढ़ाई अपनी मातृभाषा में ही होती है,
क्योंकि मातृभाषा में पढ़ाई अच्छी तरह से आत्मसात् हो जाती,
बचपन में मातृभाषा में पढ़ना मस्तिष्क को करता है मजबूत,
भाषा सीखने का तरीका है, पहले सुनना, फिर बोलना, पढ़ना और लिखना,
भारतीय भाषाओं में हिंदी ऐसी भाषा है, जो राष्ट्र-भाषा बनने की है हकदार,
जो हर प्रकार से सारे भारतीयों द्वारा समझी और बोली जाती है,
तो अहा! धन्य भारतीयम!!

□

# भारत की सेना : थलसेना, वायुसेना, नौसेना

भारतीय सेना अपने राष्ट्र और नागरिकों की रक्षा के प्रति हमेशा रहती है समर्पित,
भारतीय सुरक्षा प्रणाली में तीन विंग शामिल हैं—थल सेना, वायुसेना व नौसेना,
भारत की तीनों सेना का सर्वोच्च कमांडर भारत का राष्ट्रपति होता है,
राष्ट्र की रक्षा का दायित्व मंत्रिमंडल के पास है होता,
पर भारत की सेना, सेना प्रमुख (चीफ ऑफ दी आर्मी स्टाफ) के निरीक्षण में है रहती,
सेना को बहुत गौरव एवं सम्मान की दृष्टि से देखा है जाता,
यहाँ की सेना दुनिया भर में अच्छी सेनाओं की गिनती में आती है,
भारतीय सशस्त्र बल सेवा, देशभक्ति एवं देश की संस्कृति के प्रतीक हैं,
देश की सीमाओं की रक्षा, तीनों सेनाओं के साथ तटरक्षक बल भी हैं करते,
सेना का काम देश ही नहीं, बल्कि आपातकाल में नागरिकों की रक्षा करना भी है,
भारत में सबसे खतरनाक सैनिक 'ब्लैक कैट कमांडो' हैं होते,
जो देश में होने वाली आतंकी गतिविधियों से निपटता है,
भारत की सेना विश्व की तीसरी सबसे बड़ी स्थायी सेना है,
भारत के थलसेना अध्यक्ष, भारत की थलसेना का सेनापति है होता,
भारतीय सेना में सैनिकों की संख्या दुनिया भर में सबसे अधिक है,

थलसेना का ध्येय वाक्य है—'खुद से पहले सेवा'
वायुसेना का ध्येय वाक्य है—'आकाश में ही शत्रु को मार दो'
अतः भारत की सेना हौसला, हिम्मत और कर्मठता से है भरपूर,
तो अहा! धन्य भारतीयम!!

□

# भारत का राष्ट्रीय स्मारक : समर स्मारक

'राष्ट्रीय समर स्मारक' स्वतंत्र भारत के सशस्त्र संघर्षों में लड़ने वाले,
भारतीय सेना के शहीद सैनिकों के सम्मान और याद में है बनाया गया,
यह स्मारक देश के लिए शहीद हुए सैनिकों की श्रद्धांजलि है,
यह समर स्मारक 40 एकड़ भूमि में फैला हुआ,
जो इंडिया गेट, नई दिल्ली के पास है भव्यता से बनाया गया,
स्मारक के चार सांकेतिक वृत्त और एक केंद्रीय ओबिलिस्क है,
जिसकेनिचलेहिस्सेमेंअमरजवानकीप्रतिनिधित्वएकशाश्वतलौहैजलतीरहती,
चार वृत्तों में पहला है 'अमर चक्र' (अमरता का घेरा),
दूसरा वृत्त है 'वीरता चक्र' (बहादुरी का घेरा),
तीसरा 'बलिदान का चक्र' (सम्मान की गोलाकार दीवारें जो चक्रव्यूह का हैं प्रतीक)
चौथा चक्र है 'सुरक्षा चक्र' (वह घेरा, जो खतरे से सुरक्षा है दरशाता),
इस प्रकार जीवन का सर्वोच्च बलिदान देने वाले वीर सैनिकों
को हम श्रद्धाभाव से नमन कर देश के लिए त्याग से हैं भर जाते,
और इस तरह हम सभी राष्ट्रवाद की प्रेरणा पाकर,
'देश सर्वोपरि है' का भाव अपने तन-मन में हैं भरते,
हम यह भी समझ पाते हैं कि स्वतंत्रता जीवन का आधार है,
परतंत्रता तो पशुवत् है, जीते-जी मरने समान है,
तब ऐसे में हम भारतीय क्यूँ न अपने शहीदों को करें नमन,
उन्हें याद कर अपने भारत देश को दिल की धड़कन बनाएँ,
हम भारतीय जिएँ तो देश की खातिर, मरें तो देश की खातिर,
तो अहा! धन्य भारतीयम!! □

# भारत का ऐतिहासिक किला : लाल किला

भारत का ऐतिहासिक लाल किला विश्व धरोहर की सूची में है शामिल,
यह शानदार किला भारत की राजधानी दिल्ली में है स्थित,
यह मुगलकालीन शासक शाहजहाँ द्वारा बनवाया गया था,
इसकी दरो-दीवार लाल रंग होने के कारण नाम पड़ा 'लाल किला',
यह लाल किला भारत देश की आन-बान और शान है,
इसका सौंदर्य, भव्यता और आकर्षण देखते ही है बनता,
देश में पर्यटन के लिए मशहूर लाल किला, लोगों को है लुभाता,
लाल किला एक ऐसा अतुल्य किला है, जिसमें है शाहमहल और रंगमहल,
देश की 'जंग-ए-आजादी' का गवाह भी है यह खूबसूरत लाल किला,
यह किला भारत देश की आजादी का प्रतीक भी है माना जाता,
अत: लाल किले से ही प्रतिवर्ष भारत के प्रधानमंत्री,
भारत के स्वतंत्रता दिवस 15 अगस्त को तिरंगा हैं फहराते,
और देशवासियों को देश के विकास-पथ को लेकर करते हैं संबोधित,
लाल किला का असली नाम 'किला-ए-मुबारक' है,
मुगल शासन के दौरान लाल किला शक्ति और सम्मान का प्रतीक था,
ब्रिटिश शासन के भारतीय इतिहास में परिवर्तन का साक्षी रहा है यह लाल किला,
और स्वतंत्र भारत में भारतीय स्वतंत्रता का जश्न मनाया गया,
लाल किले पर भारत का प्यारा तिरंगा, बड़े शान और गर्व से है लहराता रहता,
जो हमें आजादी का ध्यान करा, उसके महत्त्व को है समझाता,
तो अहा! धन्य भारतीयम!!

□

# भारत का संबंध : दुनिया के देशों के साथ

1947 में अपनी स्वतंत्रता के बाद भारत ने दुनिया के देशों के साथ,
मैत्री, शांति एवं सौहार्दपूर्ण संबंध बनाए रखने का उद्देश्य है रखा,
भारत एक अहिंसक देश है और विश्व-शांति में योगदान करता है,
हमारा देश दुनिया के किसी भी बड़े सैन्य संगठन का हिस्सा नहीं है,
भारत के निकटतम संबंध वाले देश अरब, इजरायल, रूस और अमेरिका हैं,
आज भारत दुनिया की सबसे तेजी से बढ़ने वाली अर्थव्यवस्था है,
भारत के दुनिया के सभी देशों के साथ शांतिपूर्ण और मैत्रीपूर्ण संबंध हैं,
देश सर्वप्रथम अपनी सुरक्षा और आर्थिक विकास के साथ,
विश्व की विभिन्न नीतियों के साथ चौतरफा संबंध रखता है,
भारत की विदेश नीति का उद्देश्य अंतरराष्ट्रीय शांति और सुरक्षा के साथ,
साम्राज्यवाद का विरोध, गुटनिरपेक्षता और सह-अस्तित्व है,
भारत का विश्वास 'वसुधैव कुटुम्बकम्' में पूरी तरह परिलक्षित होता है,
विश्व के किसी भी देश के संकट के समय भारत आगे आकर,
हर संभव सहायता के लिए सेवा भाव से आगे रहता है,
सच कहा जाए तो अहिंसा, सह-अस्तित्व, आपसी सहयोग और,
संप्रभुता का सम्मान करना भारत देश की परंपरा रही है,
विश्व के देशों में गुटनिरपेक्षता भारत की अपनी विदेश नीति है,
भारत अपनी एक खास विशेषता के लिए भी है जाना जाता,
कि किसी भी देश के आंतरिक मामलों में नहीं करता हस्तक्षेप,
भारत सभी देशों के साथ सम्मानजनक व न्यायसंगत संबंध है रखता,
तो अहा! धन्य भारतीयम!!

□

# भारत में विश्व का धरोहर स्थल : साँची का स्तूप

साँची का महान् स्तूप मूलतः सम्राट् अशोक ने तीसरी सदी में बनवाया था,
यह एक बौद्ध स्मारक है, जो भारत के मध्य प्रदेश के साँची में है,
साँची का महान् स्तूप सबसे महत्त्वपूर्ण बौद्ध संरचनाओं में से एक है,
जो बौद्धकला और वास्तुकला का निर्मित खजाना प्रदर्शित करता है,
स्तूप का अर्थ होता है—एक गोल टीले की संरचना, जिसमें,
पवित्र बौद्ध अवशेष हैं रखे जाते, जो अति पूजनीय भी होते,
साँची का स्तूप सबसे पुरानी भारतीय वास्तुकला का है स्मारक,
उस स्तूप में भगवान् बुद्ध के शरीर की राख को सुरक्षित रखा है,
स्तूप का गुंबददार आकार, ध्यान में बैठे एक व्यक्ति का प्रतिनिधित्व है करता,
साँची का स्तूप सम्राट् अशोक की विरासत के तौर पर भी है देखा जाता,
साँची नाम का मतलब देवी लक्ष्मी से एवं जुटाया हुआ भी है, जो शुभ है,
अपने स्तूपों के लिए प्रसिद्ध साँची में कई बौद्ध स्मारक भी मौजूद हैं,
साँची स्तूप मौर्य वंश के सम्राट् अशोक की विरासत भी है,
यह बौद्धों का एक महत्त्वपूर्ण तीर्थस्थल है, जो तोरणों से है घिरा,
इन तोरणों में से प्रत्येक तोरण प्यार, शांति, विश्वास और साहस का परिचायक है,
स्तूप का मुख्य उद्देश्य बुद्ध की राख रखकर मन्नत की पेशकश है होती,
साँची स्तूप को भारतीय बैंक ने 200 रुपए के नोटों के पृष्ठ भाग पर रूपांकित किया है,

अत: साँची स्तूप का महत्त्व और भी बढ़ जाता है, जब रुपए पर अंकित
हो,
अशोक ने साँची स्तूप को बौद्ध शिक्षा केंद्र के तौर पर भी था बनवाया,
दुनिया भर के लोग साँची स्तूप की बौद्धकला को देखने हैं आते,
तो अहा! धन्य भारतीयम!!

□

# भारत की राजधानी : दिल्ली

दिल्ली, राष्ट्रीय राजधानी क्षेत्र, भारत की प्रिय राजधानी है,
लेकिन यह एक राज्य नहीं, बल्कि एक केंद्रशासित प्रदेश है घोषित,
भारत की राजधानी दिल्ली में केंद्र सरकार की तीनों इकाइयाँ,
कार्यपालिका, विधायिका तथा न्यायपालिका हैं स्थित,
दिल्ली का पुराना नाम इंद्रप्रस्थ था, मतलब इंद्रदेव का शहर,
यहाँ कई सांस्कृतिक धरोहर, जैसे—लाल किला, कुतुब मीनार हैं,
इसके प्रमुख पर्यटन स्थल हैं इंडिया गेट, जामा मसजिद व राष्ट्रपति भवन,
राष्ट्रीय राजधानी नई दिल्ली, यमुना नदी के तट पर है स्थित,
दिल्ली सिर्फ राजधानी ही नहीं, बल्कि भारतीय सभ्यता का है दिल और आत्मा,
यह कई ऐतिहासिक संरचनाओं का घर है, जिनमें हुमायूँ का मकबरा है,
दिल्ली की स्थापना तोमर वंश के राजा अनंगपाल ने 1052 ई. में की थी,
इसका पुराना नाम इंद्रप्रस्थ था, जिसका वर्णन महाभारत में भी है,
यहाँ कई ऐतिहासिक स्मारक, पर्यटन के स्थल और जीवंत बाजार हैं,
दिल्ली शहर 'स्ट्रीट फूड' के लिए पूरे भारत में है मशहूर,
साथ ही दिल्ली की संस्कृति कई त्योहारों और मेलों से है जीवंत,
दिल्ली में ससंद् भवन, राष्ट्रपति भवन स्थापत्य कला के हैं नमूने,
यहाँ दिवाली, होली, नवरात्र, गुरु परब, महावीर जयंती, क्रिसमस व ईद-उल-फितर जैसे धार्मिक त्योहार हैं मनाए जाते,
तो अहा! धन्य भारतीयम!!

□

# भारत की चुनौतियाँ : विविध

भारत एक विशाल जनसंख्या वाला विविधतापूर्ण मनोहारी देश है,
तब ऐसे में इसकी चुनौतियाँ होना भी स्वाभाविक और है लाजिमी,
इसकी कुछ प्रमुख चुनौतियों में बढ़ती आबादी, जलवायु परिवर्तन के साथ,
निरक्षरता, महँगाई, कृषि व्यवस्था में कमी एवं राजनीतिक भ्रष्टाचार हैं,
इसके अलावा वायु तथा जल प्रदूषण, आर्थिक भ्रष्टाचार तथा अपराध वगैरह हैं,
साथ ही भारत की सबसे बड़ी चुनौती राष्ट्रीय एकता और अखंडता बरकरार रखना है,
माना कि चुनौतियाँ हमें सामना करने के साथ संघर्ष करना हैं सिखाती,
और जब देश उन चुनौतियों से संघर्ष करके जीत जाता, सँभल जाता है,
तब आत्मविश्वास से भर जाता है और विकास की ओर अग्रसर है होता,
भारत अपनी जनसंख्या नियंत्रण, नागरिकों पर सख्ती करके नहीं,
बल्कि शिक्षित और राष्ट्रप्रेमी बनाकर लगातार कर रहा है,
कृषि में आई चुनौतियों से निपटने के लिए कई सुधार हैं किए जा रहे,
आर्थिक भ्रष्टाचार से पार पाने के लिए इंडिया को डिजिटल बनाया है जा रहा,
राजनीतिक भ्रष्टाचार रोकने के लिए राजनीतिज्ञों को कर्तव्यनिष्ठ बनाया जा रहा, हमारा भारत आज दुनिया का सबसे युवा जनसंख्या वाला देश है,
अत: युवकों में कौशल विकास के लिए 'स्किल इंडिया' का है प्रोग्राम,
देशप्रेम की कमी से विरोधी राजनीतिक पार्टियाँ देश को तोड़ती रहती हैं,
उनसे निपटने के लिए जनता में जागरूकता फैलाई है जा रही,
ताकि देश के नागरिक समझ सकें कि कौन है सच्चा, कौन झूठा,
अब भारत अपनी चुनौतियों को समझ, उसके समाधान की ओर है अग्रसर,
तो अहा! धन्य भारतीयम!! □

# भारत में फैला अंधविश्वास का जाल : अज्ञानता का जाल

भारत में अंधविश्वास, पूर्वकाल से चली आ रही अज्ञानता की,
व्यापक सामाजिक समस्या है, जो अभी तक चल रही है,
अंधविश्वास मनुष्य को आंतरिक स्तर पर कमजोर है बनाता,
इस प्रकार हम कह सकते हैं कि मनुष्य के अंदर ज्ञान की कमी के कारण,
ज्ञान भी अज्ञानता में बदल जाता है, विश्वास खत्म हो जाता,
अत: शिक्षा की कमी के कारण लोग अंधविश्वासी हैं हो जाते,
उदाहरण के लिए यह धारणा कि ताबीज अच्छे भाग्य को बढ़ावा देते हैं,
अंधविश्वास एक ऐसी मान्यता है, जो वैज्ञानिक ज्ञान पर नहीं है आधारित,
कभी-कभी अंधविश्वास सकारात्मक मानसिक दृष्टिकोण को देता है बढ़ावा,
तो कहीं दूसरी ओर लोग भूत-प्रेत में अंधविश्वास करके,
अपने तन-मन को जोखिम में डालकर परेशान हैं हो जाते,
अत: अंधविश्वास एक तर्कहीन और मनगढ़ंत विश्वास है,
अंधविश्वास जीवन में हस्तक्षेप कर, हमारी चिंता पैदा है करता,
हालाँकि अच्छे अंधविश्वास, जैसे—नजरबट्टू पहनना या अनुष्ठान में नारियल तोड़ना,
मनुष्य में एक विश्वास पैदा करता है, जो उसे शांति प्रदान करता है,
कुछ भी हो, अंधविश्वास को लोग पूरी ईमानदारी से हैं मानते,
बिल्ली का रास्ता काट जाना, आँख का फड़कना, तेरह तारीख वगैरह,

अंधविश्वास का जीता-जागता नमूना है इस विशाल भारत में,
अब हम भारतीय ज्ञान पाकर, जादू-टोना व अंधविश्वास से उठ रहे हैं ऊपर,
तो अहा! धन्य भारतीयम!!

□

# भारत की समस्याएँ :
# राष्ट्रवाद की कमी से जुड़ीं

विशाल भारत की कुछ प्रमुख समस्याएँ हैं, जो देश के विकास में हैं बाधाएँ,
गरीबी, बेरोजगारी और अशिक्षा, जिसका मूल कारण है देश की बढ़ती जनसंख्या,
पर्यावरणीय प्रदूषण, भूमि–क्षरण और जैव विविधता की हानि,
साथ ही वायु प्रदूषण, जल प्रदूषण, कचरा प्रबंधन और है झुग्गी-झोंपड़ी,
इसके अलावा महँगाई, भ्रष्टाचार, बालश्रम के साथ दहेज–प्रथा,
सामाजिक समस्याएँ भी कहाँ कम हैं, जैसे—नशाखोरी व अस्पृश्यता,
गरीबों में भोजन व आवास की कमी, मद्यपान, शिक्षा, बिजली, पानी की कमी,
ऊपर से धार्मिक उन्माद, दंगा, भय–भ्रम की स्थिति और आतंकवाद,
इन सब समस्याओं से चौतरफा घिरा है हमारा देश भारत,
आज भारत दुनिया का सबसे ज्यादा आबादी वाला देश बन गया है,
भारत की आबादी अभी एक अरब चालीस करोड़ तक है पहुँची,
इतनी बड़ी आबादी को भोजन, शिक्षा, स्वास्थ्य और आवास देना,
भारत देश के लिए गंभीर चुनौती एवं चिंता का विषय है बन गया,
साथ ही आए दिन पड़ोसी देश चीन, पाकिस्तान और नेपाल से,
आतंक की समस्याएँ, जमीन हड़पने और युद्ध थोपने का डर,
माना कि समस्याएँ अनगिनत और विकराल हैं,
तो क्या हुआ! हम उन्हें स्वीकार कर समाधान को हो रहे हैं अग्रसर,

भारत सरकार इसके लिए नीतियाँ व कड़े कानून है बना रही,
समस्याओं का निराकरण सिर्फ कानून नहीं है, बल्कि राष्ट्रवाद भी है,
कितनी भी हों समस्याएँ, लेकिन समाधान में हम कामयाब होंगे एक दिन,
तो अहा! धन्य भारतीयम!!

□

# भारत को भ्रष्टाचार से कब मिलेगी मुक्ति?

भारत में भ्रष्टाचार दीमक की तरह है, जो विकास की गति को चाट रही है,
चौतरफा लगी यह दीमक, देश के विकास-पथ को खोखला है कर रही,
जब उन भ्रष्टाचार और भ्रष्टाचारियों का खात्मा हो जाएगा,
तब भारत विकास के पहले पायदान पर दृढ़ खड़ा नजर आएगा,
देश के राजनेता तथा नागरिक भ्रष्टाचार को जड़ से मिटाएँगे,
बिना बिचौलियों के भी तकनीक से सरकारी योजनाएँ चलाई जाएँगी,
'डिजिटल इंडिया' बन रहा देश के भ्रष्टाचारियों का दुश्मन,
आज भ्रष्टाचार पर चहुँदिशी हो रहा प्रहार और साथ ही दमन,
राजनीतिक इच्छाशक्ति और प्रशासनिक स्तर पर पूरे भारत में,
'भ्रष्टाचार-मुक्त भारत' बनाने के लिए सी.बी.आई. और ई.डी. सतर्क हैं,
प्रतिवर्ष ९ दिसंबर को 'भ्रष्टाचार निरोधक दिवस' है मनाया जाता,
इसके लिए पूरे देश में भ्रष्टाचार निवारण योजनाएँ हैं लाई जा रही,
साथ ही भ्रष्टाचार लोकतंत्र और न्याय का होता है दुश्मन,
जो अपना काम ईमानदारी से नहीं करता, वह है भ्रष्टाचारी कहलाता,
भ्रष्टाचारी अपने स्वार्थसिद्धि के लिए समाज के नैतिक मूल्यों को है बिसरा देता,
भ्रष्टाचार में मुख्य रूप से है रिश्वत लेना, चुनाव में धाँधली करना,
कारण है लालच एवं उपभोक्तावाद की नीति, जिसमें होड़ है लगती,
अब हर स्तर पर भारत में भ्रष्टाचार की जड़ें हैं काटी जा रही,
तो अहा! धन्य भारतीयम!!

□

# भारत बढ़ चला :
# आत्मनिर्भरता के पथ पर

भारत की एक अब अपनी दूरदृष्टि है, आत्मनिर्भर बने भारत,
इसके तहत बीस लाख करोड़ रुपए के राहत पैकेज की घोषणा की है
सरकार ने,
जो देश के सकल घरेलू उत्पाद का लगभग दस प्रतिशत है,
भारत इतना सक्षम बने कि अपनी जरूरत की चीज खुद बनाए,
आत्मनिर्भरता के लिए जरूरी है, पहले किसानों और मजदूरों को आत्मनिर्भर
बनाना,
जब आत्मनिर्भरता की सोच होगी पक्की, तब राह बनेगी सच्ची,
'आत्मनिर्भर भारत' और 'मेक इन इंडिया' हैं, सिक्के के दो पहलू,
'आत्मनिर्भर भारत' कार्यक्रम के तहत हमारा भारत बखूबी से,
बाज पक्षी की तरह आकाश में भरेगा ऊँची-से-ऊँची उड़ान,
जिस पर होगी पूरी देश-दुनिया की ऊँची नजर, हमें पहचान,
'आत्मनिर्भर भारत' के अभियान में हम बढ़ चले हैं आगे-ही-आगे,
जिससे भारत के संसाधनों और तकनीक से बनी विभिन्न वस्तुएँ,
विशाल भारत में ही होगी उनकी खपत और उपयोग,
हाँ! पर आगे चलकर देश आयात कम और निर्यात करेगा ज्यादा,
भारत के नागरिकों में कुशलता और कौशल विकसित करना होगा,
पूरे देश भर में भिन्न-भिन्न, छोटे-बड़े कल-कारखाने खोलने होंगे,
तब भारत देश तथा देश का हर नागरिक बनेगा आत्मनिर्भर,

देश के वैज्ञानिकों के कंधे पर भी है आत्मनिर्भर भारत बनाने का भार,
अपने ज्ञान से लोगों के दैनिक जीवन में भी आए बदलाव की बयार,
विज्ञान और तकनीक से भारत को आत्मनिर्भर बनाने का है हमारा संकल्प,
तो अहा! धन्य भारतीयम!!

□

# भारत के नए संकल्प की होगी सिद्धि

भारत की आजादी के 'अमृत महोत्सव' यानी 75 वर्षों की यात्रा के बाद,
भविष्य के पच्चीस वर्ष होंगे विकसित भारत बनाने का सुनहरा अमृतकाल,
इस अवधि में हम भारतीयों का संकल्प होगा 'विकसित भारत'
पहले संकल्प में आत्मनिर्भर भारत, डिजिटल पहचान व हरित ऊर्जा आदि,
दूसरा संकल्प है—'गुलाम मानसिकता से मुक्ति मिले' यानी कि,
अपने मन-मस्तिष्क में गुलामी का कोई विचार न रहने दें,
तीसरा संकल्प—हमें अपनी संस्कृति व अपने विरासत पर हो गर्व,
भारत की प्राचीन सभ्यता, संस्कृति, विरासत के साथ अध्यात्म,
और अपने देश के वैभवशाली इतिहास पर हमें गर्व महसूस हो,
साथ ही हमें अपने सामर्थ्य पर पूरा भरोसा व विश्वास होना चाहिए,
चौथा संकल्प है, 'एकता और एकजुटता' हमें विवाद नहीं, सहायता चाहिए,
मत-विरोध नहीं—समन्वय चाहिए, आतंक नहीं—शांति चाहिए,
हम उत्सुक हैं, अपने भारत को 'एक भारत-श्रेष्ठ भारत' बनाने को,
हम अपने देश की विविधता को बड़े उल्लास और गर्व से मनाएँगे,
पाँचवाँ संकल्प है कि प्रत्येक नागरिक देश के लिए कर्तव्यपरायण हो,
अपने अधिकार से पहले, हम देश की खातिर कर्तव्य निभाएँ,
हमें अपनी आध्यात्मिक शक्ति, गौरवपूर्ण संस्कृति का रहे ध्यान,
अपनी समस्याओं का समाधान अपनी संस्कृति और जरूरतों से हो,
ऐसे में हम पूर्णरूपेण आजाद, आत्मनिर्भर और विकसित बनेंगे,
तो अहा! धन्य भारतीयम!!

□

# भारत का अमृतकाल : विकसित भारत बनने का कालखंड

वर्ष 2022 में भारत ने मनाया अपनी आजादी का 'अमृत महोत्सव',
अब आजादी के 100 साल होने में 25 वर्ष का कालखंड है 'अमृतकाल',
यह समय ऐसा कालखंड है, जब 2047 में विकसित होगा भारत,
हमें 2047 तक अपने राष्ट्र को ऐसा निर्मित करना है, जो पूर्ण विकसित हो,
जो अतीत के गौरव से जुड़ा होगा और आधुनिकता से समाहित होगा,
ऐसा भारत बनाना है, जो आत्मनिर्भर हो और आत्मविश्वासी,
एक ऐसा भारत, जो अपने दायित्वों को पूरा करने में सक्षम हो,
एक ऐसा विकसित भारत, जिसमें गरीबी, बेचारगी, दुःख-दर्द न हो,
देश के निचले तबके के लोग भी खुशहाल हो, सम्मानित महसूस करें,
एक ऐसा भारत बने, जिसका मध्य वर्ग भी वैभव व सुख से युक्त हो,
भारत ऐसा हो, जिसकी युवाशक्ति समाज और राष्ट्र को संबल दे,
साथ ही ऐसे युवा हों, जो समय से दो कदम आगे चलते हों,
एक ऐसा भारत, जिसमें नारी-शक्ति का पूर्णरूपेण हो उपयोग,
ऐसा विकसित भारत बने, जिसकी विविधता में भरपूर एकता हो,
अपनी विशाल आबादी, जो विश्व में क्षमताओं का भंडार हो,
अमृतकाल एक ऐसा कालखंड है, जिसमें प्रत्येक नागरिक सुखी व स्वतंत्र बने,
इस अमृत कालखंड में भारत ऐसा बने, जो दुनिया का बाजार बनेगा,
जो ऋण से उबरकर, अपनी क्षमताओं व स्वावलंबन का दम भरेगा,
जो आतंकवाद और दंगों को पछाड़कर आगे ही आगे बढ़ रहा हो,
'अमृतकाल' में भारत विश्व में सिरमौर एवं विश्व गुरु बने,
तो अहा! धन्य भारतीयम!! □

# एक भारत-श्रेष्ठ भारत : एक अभियान

भारत देश विभिन्न राज्यों, संस्कृति एवं विविध धर्मों का देश है,
अत: विभिन्न प्रदेशों के लोगों के बीच जुड़ाव को बढ़ावा देने के लिए,
'एक भारत-श्रेष्ठ भारत' का स्लोगन वर्ष 2015 में दिया गया,
इससे विभिन्न संस्कृतियों के लोगों में आपसी समझ को मिला बढ़ावा,
इससे भारत विशाल की एकता और अखंडता होगी मजबूत,
'एक भारत-श्रेष्ठ भारत' मानव संसाधन विकास मंत्रालय की एक पहल है,
दो राज्यों के बीच सम्मान की भावना बढ़ाकर रिश्ते मजबूत करने की,
इस अभियान के तहत अब तक जम्मू-कश्मीर को तमिलनाडु से,
पंजाब को आंध्र प्रदेश, उत्तराखंड को कर्नाटक, हिमाचल को केरल से,
दिल्ली को सिक्किम, राजस्थान को असम तक जोड़ा गया,
भारत की विभिन्नता के साथ एकता का जश्न मनाने के लिए,
भारतीयों के बीच भावनात्मक ताने-बाने को मजबूत करना है,
भारत के विभिन्न राज्यों और केंद्रशासित प्रदेशों में रहने वाले,
विविध संस्कृतियों के लोगों के बीच, आपसी समझ को मिलता है बल,
अब यह अभियान भारत सरकार द्वारा पूरे देश में सद्भाव उत्पन्न करेगा,
सभी भारतीय अपनी विभिन्नता के साथ-साथ एकता में रहेंगे,
एक भारत-श्रेष्ठ भारत अभियान के तहत विभिन्नता में सद्भावना होगी,
इस अभियान के तहत भारत में हर साल कोई एक राज्य, दूसरे राज्य से जुड़ेगा,
यह एक अनूठा दो राज्यों के बीच की समझ की साझेदारी है,
राष्ट्रीय एकता में बल है अपार, चलो हाथ मिलाएँ, बाँटें प्यार,
तो अहा! धन्य भारतीयम!!

□

# विकसित होगा भारत :
# 2047 में स्वतंत्रता की शताब्दी तक

हम भारतीय अतीत से शिक्षा लेकर अपने भविष्य का करेंगे निर्माण,
इससे सुखद होगा हमारा वर्तमान और साथ में भविष्य उज्ज्वल,
भारत अब अपनी काबिलियत के बल पर हर चुनौती के लिए है तैयार,
स्वाभिमान, स्वाधीनता और स्वावलंबन है हमारा नजरिया,
संयम, साहस और संकल्प के साथ बढ़ रहा है हमारा भारत विशाल,
हम अपने दायित्व-निर्वहन से भावी चुनौतियों पर पाएँगे पार,
कोई भूखा न रहेगा, संतुलित भोजन सभी को भरपूर मिलेगा,
प्रत्येक नागरिक को रोटी, कपड़ा और मकान के साथ सम्मान भी मिलेगा,
देश के हर नागरिक को बेहतर चिकित्सा सुविधा होगी उपलब्ध,
यहाँ देशहित में नई राष्ट्रीय शिक्षा नीति-2020 लाई गई है,
यह शिक्षा नीति भारतीयों के लिए, भारतीयों के द्वारा है बनाई गई,
यह नीति भारतीयों को अंग्रेजों की गुलाम मानसिकता से है स्वतंत्र,
हरित ऊर्जा द्वारा हरित विकास से होगा पर्यावरण का पूरा संरक्षण,
जैव-विविधता से परिपूर्ण होगी विविधतापूर्ण विशाल भारत की धरती,
समान नागरिक संहिता द्वारा एक भारत-श्रेष्ठ भारत बनता जाएगा महान्,
शिक्षक अच्छे, वैज्ञानिक कुशल, नौकरशाह ईमानदार व नागरिक होंगे देशभक्त,
भारत की धरती पर नागरिकों के साथ सभी जीव-जंतुओं का होगा रक्षण,

अब बच्चों की पढ़ाई, मध्यम वर्ग की कमाई और बुजुर्गों पर रहेगा ध्यान,
आज का भारत, 'सबका साथ, सबका विकास एवं सबका विश्वास और
सबका प्रयास' का मंत्र लेकर सक्षम और समृद्ध हो रहा है,
तो अहा! धन्य भारतीयम!!

□

# हम करें राष्ट्र आराधना : तन, मन, धन से

तन से, मन से, जीवन से, हम भारतीय करें राष्ट्र आराधना,
कर्तव्य-पथ पर चलकर, भ्रष्टाचार से बचकर हम हों राष्ट्र समर्पित,
जिह्वा पर हो सत्य वचन, हो मन करुणामय वन-उपवन,
हम करें राष्ट्र का वंदन, उसकी सफलताओं का हो अभिनंदन,
राष्ट्रीय प्रतीकों पर हो नित-नित गौरव मान, गान व सम्मान,
अपनी चुनौतियों से डटकर, संघर्ष भरा हो हमारा जीवन,
हम निखर जाएँ अपनी मजबूरियों से और हो जाएँ संपन्न,
अपनी सभ्यता, संस्कृति को पहचान, विश्व में करें उसका गुणगान,
हमारा कर्तव्य देश-निर्माण व प्रगति पथ पर हो चलना प्रतिमान,
हम आर्थिक और राजनीतिक भ्रष्टाचार से हटकर चलें अपनी चाल,
अपने बहुमूल्य विचारों और संकल्पना द्वारा करें राष्ट्र समृद्ध,
दूसरों की सुनें, अपनी भी कहें, हो सही संवाद बराबर मन,
राष्ट्र का प्रहरी बनकर हम करें राष्ट्र की रक्षा, ध्यान व मान,
झूठ, भय और भ्रम से दूर रहें, और रखें खुद पर विश्वास, ध्यान,
हृदय भरा हो राष्ट्रप्रेम से, और जिह्वा पर भारत का गान,
जन-जन में हो सहयोग, न जाति-धर्म का हो मन में भान,
हाथों में स्वच्छता का वास हो, और किसी का भी हास-परिहास न हो,
पर्यावरण, पशु-पक्षी, जल और अपनी मिट्टी का होता रहे रक्षण,
युवाशक्ति और नारी का, राष्ट्र के विकास में हो पूर्ण दोहन,
यह शताब्दी भारत की होगी, फिर क्यूँ न चलें हम भारत की चाल,
तो अहा! धन्य भारतीयम!!

□□□